阿城作品集01

威尼斯日記

古威尼斯圖
天氣
太热
圓珠
筆有些
漏油此圖
河有暈染
藍色與赭石色
這是街上一張展覽會的廣告上印的古代威
尼斯的圖。其中房屋的透視是散點而非
焦點，即遠大近小，與中國古代繪畫透視
相同，甚至其中的筆意都很相近，特此摹
之。阿城 九二年六月威尼斯街上

手繪：阿城

目次

上個世紀八〇年代，《棋王、樹王、孩子王》橫空出世，震動中國台港、和世界上所有能夠閱讀華文的華人地區。驚濤拍岸，阿城打到的高度至今還高懸在那裡。阿城從生命現場得來的第一手經驗，獨特到彷彿禪師棒喝人的觀察角度，任何時候對我來說都是啟發的，非常之刺激腦啡。

朱天文

五月

白天，遊客潮水般湧進來，威尼斯似乎無動於衷，盡人們東張西望。

夜晚，人潮退出，獨自走在小巷裡，你才能感到一種竊竊私語，角落裡的歎息。

公元第一千九百九十二年

第五月第二日

寫好日期後，分別添了「第」字，緣因我從未寫過日記。這次呢，是要去威尼斯寫上兩個月。

洛杉磯連日暴亂。濃煙自西邊掩來，日光黯澹，站在院子裡，嗆得有些咳嗽。寄居之處離暴亂地區不遠，却隔著一座小山，山頂有洛杉磯道奇棒球場，上去西望，廣闊的黑煙靜靜向高空翻動。

到今天為止，據報導四十五人死亡，傷一千九百人，七千四百五十九人被捕，起火三千七百處。維持治安的有五千七百多名警察、民兵和聯邦執法人員，再加上一千兩百名海軍陸戰隊士兵。

據報導，有八百五十家韓裔人的商店遭焚燬。電視畫面裡，韓裔人持槍上房壓頂，保護自己的商店。時光倒流兩百年，好像又在開發西部。

美國的主要電視頻道都在播放街上搶東西的現場情景，二十四個小時不間斷。

已經是戰爭了。

洛杉磯宵禁，每天清晨解除。

去海邊的洛杉磯國際機場時，十線對開的十號高速公路上車跡稀疏，路兩旁煙塵瀰漫，好像在拍戰爭片，而且是好萊塢的大製作。

大亂裡總是有小靜。文化大革命時去東北長春，武鬥的槍砲聲中卻聽得見附近一扇窗被風吹得一開一合，自得其樂。幾個人躲在二樓互相聊初戀，叮的一聲，流彈打在窗子的鐵杆上，折下來鑽進朋友的腦袋裡。因為太突然，腦含著子彈的朋友又說了一兩句話才死掉。

那時我們的鬍子還沒有長硬。

三日

還是不加「第」吧。人世間的無聊，常常只因為煞有介事。莊周昨天若笑了的話，今天倒可以給他老人家來個措手不及。

莊子講「無為」，講得精采，却做了有為的事，寫了《莊子》。莊子講相對也講得精采，於是放心講無為，天底下第一等聰明漢。

講哲學，莊子用散文，老子用韻文，孔子是對話體，兩千年來，漢語裡再也沒有類似他們那樣既講形而上也講形而下的好文章了。現在是不管有道理沒道理，都敘述得令人昏昏欲睡。間或有三兩篇好的，就一讀再讀，好像多讀就會多出幾篇來。

擠在機艙裡，到處是猜測別人的眼色，我的亦是其中之一，於是將無聊變有趣。

威尼斯機場海關能聞到海的味道。S小姐和 Luigi 來了，年初在烏地涅（Udine）見過 Luigi，這次却發現他原來長得很高。

乘小船進入威尼斯，海面上露出許多粗木樁。薄雲天，一切都是明亮的灰色。

現在的人好說世界真小，我看世界真大，才十幾個小時，已是如此平靜，更何況附近的南斯拉夫真在打仗。

住 Fenice 旅館，頂樓，望出去，滿目皆紅瓦。紅瓦之上，露出一遠一近一東一西的兩個鐘樓。東邊遠的那個年初見過，是聖馬可廣場上的鐘樓。西邊近的一個，傾斜著。

Fenice 是埃及神話中的火鳥，五百年浴火重生，與中國傳說中的鳳凰很近似，所以鳳凰被譯成 Phoenix，但中國的鳳凰有性別，雄為鳳，雌為凰。

Fenice 不知是否也分雌雄，否則五百年真是寂寞，重生一次，仍是寂寞。

四日

火鳥旅館在火鳥歌劇院的後面，可以聽到人在練聲和器樂的練習聲。威爾第的《弄臣》一百四十一年前就是在這家歌劇院首演的，當時住在這座小樓這間屋子裡的人是不是也能聽到人在練習，例如第三幕中那段四重唱〈愛之驕子〉？據說那段著名的〈女人善變〉是祕密準備的，臨場演唱，極為轟動。演出結束後，威尼斯人舉著火把，高唱〈女人善變〉，穿過小巷，從一個方場遊行到另一個方場。威尼斯的女人們聽到這樣的歌聲，怎麼想呢？也許女人們也在遊行的行列裡高唱女人愛變心。

旋律是感受的，不是思考的。猶太人說，人類一思考，上帝就笑了。其實上帝一思考，人類也會笑，於是老子說「天地不仁」，「不仁」就是不思考。

帕華洛帝在回憶錄裡說他七歲時在公寓裡高唱〈女人善變〉，女人們都很驚訝並且氣憤。威爾第的《茶花女》也是在火鳥歌劇院首演的，結果失敗。第二年又在這裡演，却非常成功。

觀眾善變。

唐尼采蒂在威尼斯當過兵。寫成他的第一部歌劇《波格尼亞的亨利》，一八一八年在威尼斯上演，但不知道是不是在火鳥歌劇院？

華格納一八八三年逝世於威尼斯大運河邊的溫德拉敏宮。買了地圖，一下就查到了。

義大利歌劇中我還喜歡羅西尼的，他的東西像小孩子的生命，奢侈而明亮。又有世俗的吵鬧快樂，好像過節，華麗，其實樸素飽滿。

羅西尼還是義大利歌劇宣敘調的創造者，是他用器樂伴奏改變了莫札特歌劇中的「朗誦」。有意思的是，羅西尼對歌劇中的器樂的重視，却使他的《塞米拉米德》在威尼斯的上演不被接受。

住在這樣有名的歌劇院後面，令我很興奮，好像真地與歌劇有什麼特殊關係。其實沒有。

S小姐說可以幫我買票，我却喜歡看到有好節目，於是去排隊，買到票，等候進場，進去了，找到座位，坐下，看看來往的各種人。樂隊在調音，燈光暗下來，開始了，於是快樂得不知道說什麼才好。

劇場藝術活動的快樂，包括排隊買票。帕華洛帝一九八六年到北京演出，我和朋友在劇場外轉來轉去，終於買到八十元一張的黑市票，飛奔進去。八十塊錢，三個多月的工資，工資月月發，活生生的帕華洛帝却不是月月可以聽到的。

五日

威尼斯像舞台布景，遊客是臨時演員，我也來充兩個月的角色。乘1號船沿大運河走了兩次，兩岸華麗的樓房像表情過多的女人。好文章不必好句子連著好句子一路下去，要有傻句子笨句子似乎不通的句子，之後而來的好句子才似乎不費力氣就好得不得了。人世亦如此，無時無刻不聰明會叫人厭煩。

年初的時候來過威尼斯一天，無處不「驚艷」。回憶會「淨化」，心中已經安靜下來。再來，住下，無窮無盡的細節又無時無刻不在眼中，仍然是「驚艷」，而且是「轟炸」，就像前年伊拉克人遭遇到的。

整個義大利就是一種遺產轟炸，每天躺下去，腦袋裡轟轟的，好像睡在米蘭火車站。

這次到威尼斯來，隨手抓了本唐人崔令欽的《教坊記》，閒時解悶。這書開首即寫得好，述了長安、洛陽的教坊位置後，筆下一轉，却說：

坊南西門外，即苑之東也，其間有頃餘水泊，俗謂之月陂，形似偃月，故以名之。

古人最是這閒筆好，令文章一下盪開。威尼斯像「賦」，鋪陳雕琢，滿滿蕩蕩的一篇文章。華麗亦可以是一種壓迫。

走去看溫德拉敏宮，天，華格納用了多少錢買下如此豪華的宮殿！看了一眼說明，原來華格納只住在 mezzanino，什麼意思？一樓半？建築術語 mezzanino 是指底樓與二樓之間的那一層，對於我這個四十年來只住平房的人來說，難以展開想像，於是想像力向另外的地方滑去。

mezzo-relievo 在建築上指中浮雕，既不是平面，也不是立體，是它們的中間狀態。

音樂術語：mezzo forte，不很響，既不是很響，也不是不響；mezzo piano，不很輕，既不是很輕，也不是不輕；mezzo-soprano，女中音，既不是……也不是……

華格納在這裡逝世於一八八三年二月十三日，既不是三十天的月分，也不是三十一天的月分。

他住在「中庸」哪一層？

六日

那個傾斜的鐘樓，鐘敲得很猖狂，音質特別，是預感到自己要倒了嗎？我特地穿過小巷尋到它腳下，仰望許久。它就在那裡斜著，堅持不說話，只敲鐘。

它大概是威尼斯最有性格的鐘樓。

火鳥歌劇院正在紀念建立二百周年（1792-1992），演出普契尼的《茶蘭多特》（*Turandot*）[註]。

這是一個講蒙古公主與中亞王子的故事。元朝將其治下之人分為四等，第一等當然是蒙古人，第二等色目人，也就是中亞與中亞以西的人；第三等的是漢人，包括著契丹人、女真人和高麗人；第四等的，當然是最低等的人，是被蒙古人打敗的南宋人的後代，也就是現在說的南方人。

普契尼在歌劇中用了中國江南的民歌〈好一朵茉莉花〉做荼蘭多特公主的音樂主題，大概他不知道這是元朝第四等人的歌。這歌如今中國還在流行，是讚美女人的柔順美麗。荼蘭多特公主卻好像蒙古草原上的罌粟花，艷麗而有一些毒。

其實聽歌劇時完全沒有想到這些，而是心甘情願被音樂與戲劇控制，像個傻瓜，一個快活的傻瓜。我是歌劇迷，一聽歌劇，就喪失理智。

註：即《杜蘭朵公主》。

七日

大運河將威尼斯島彎曲地劃開，因此地圖上的威尼斯像一個骨關節。威尼斯是少有的沒有汽車的城市，因此除了坐船，必須使用所有的行走關節。

地圖上的威尼斯又像女高音歌唱時在腹前交合的手，但威尼斯河道裡只有男人唱歌。

聖馬可廣場上有大博物館 Museo Civico Correr，上二樓，一進門，即看到牆上供著一頂帽子，像極了帝王圖裡唐太宗頭上的那頂。問了，原來是古時威尼斯市長的官帽。

往裡走，諸般兵器，又像極了《水滸》、《三國演義》小說裡的雕版插圖，尤其是關雲長的青龍偃月刀、呂布的方天畫戟、李逵的扳斧、張翼德的丈八蛇矛。鞭、鐧、錘、爪，一應俱全，一時以為進了京戲班子的後台。問了，原來是昔日威尼斯市長出巡時的儀仗。

又有其他諸般兵器，兩刃劍、三刃劍、四刃劍、波斯式彎刀、長火藥槍、短火藥槍，俱極精美。有一支短銃，配以擦槍管的探條等等附件，都被盛在一個精美的匣子裡，殺人的傢伙竟收拾得像女人的首飾。

窗外廣場上的聖馬可大教堂亦像個首飾盒子，大門的半圓頂上有貼金鑲嵌，其中一幅裡的人，像極了中國元朝的官員，其實是神父。教堂裡面的天頂亦是貼金鑲嵌，真個是金碧輝煌，氣宇宏大。

中國古代寓言「買櫝還珠」，嘲笑不識珠寶的人，說有個人非常欣賞盛珍珠的盒子，交錢之後不要珍珠，只把盒子拿走了。

其實還珠的人是個至情至性的鑒賞家。

八日

《教坊記》裡有一則說：

蘇五奴妻張四娘，善歌舞，亦姿色，能弄〈踏謠娘〉。有邀迓者，五奴輒隨之前。人欲得其速醉，多勸酒。五奴曰：「但多與我錢，雖喫䭔子亦醉，不煩酒也。」今呼鬻妻者為「五奴」，自蘇始。

一千年前的人，現在讀來好像今天的鄰居。或者說，在錢與性上，我們比古人，沒有什麼變化。這一則沒有寫到張四娘的態度，猜測下來，她也是個明白人，夫妻二人不耐煩「仙人跳」，五奴直口要錢在先，事成，四娘得金在後。

後人，宋、元、明、清，都有學者斥《教坊記》鄙俗，意識上有如明清的官方禁《金瓶梅》、《紅樓夢》。這也是直到今天《教坊記》只被引用其中的音樂舞蹈的資料的原因吧？

崔令欽在這一則裡明確地記載了俗語「五奴」的來源，珍貴。

另一則說：

魏二容色粗美，歌舞甚拙。嘗與同類宴集，起舞，楊家生者、笑視之。須臾，歌次，架上鸚鵡初移足右轉，俄復左轉。家生顧曰：「左轉也。」意指鸚鵡，實無他也。魏以為斥己，輟歌，極罵，罷樂。人呼失律為「左轉」。

直到現在，我們還稱一個人唱不準音為「左嗓子」。魏二也是，為什麼要在「教坊」這些專業人士前頭賣弄呢？又疑神疑鬼，心狹而氣急，不歡而散。家生既先「笑視之」，已經存了嘲弄之心，「左轉也」就難脫影射嫌疑。

九日

傍晚，在聖馬可廣場邊的弗洛利安咖啡店外獨自閒坐，看遊客買了苞穀粒餵成千上萬隻鴿子。一個小孩放幾粒苞穀在頭頂上，他的父親拿著照相機在遠處瞄準著，等鴿子飛來孩子的頭上吃苞穀時，好按下快門。鴿子很久不來，小孩子於是像釣魚一樣等著，不同的是，微笑地等著。

據說弗洛利安咖啡店是歐洲飲咖啡史上的第一家咖啡店，又據說義大利的咖啡由巴西運來。我忽然想起華格納是在威尼斯完成《崔斯坦與伊索爾德》的第二幕，當時的巴西皇帝請華格納為巴西首都里約熱內盧的義大利歌劇班寫個歌劇，《崔斯坦與伊索爾德》與咖啡貿易有關係嗎？

一六二七年，威尼斯建成歐洲的第一個歌劇院。這一年明朝的熹宗皇帝駕崩，思宗，也就是明朝最後一個皇帝即位，此時距中國歌劇——元雜劇的黃金時期已去四百年，明雜劇的傑作《牡丹亭》也已轟動了三十年。

中國的戲棚裡可以喝茶，中國人喝茶是坐著的，所以樓上樓下的人都有座。同時期的歐洲劇院最底層的人是站著看戲的。中國戲曲的開場鑼鼓與義大利歌劇的序曲的早期作用相同，就是鎮壓觀眾的嘈雜聲浪，提醒戲開始了，因為那時中國歐洲都一樣，劇院裡可以賣吃食、招呼朋友和打架。

前些年倫敦發掘十九世紀的薔薇劇場遺址，發現裡面堆滿了果殼。莎士比亞的哈姆雷特大概是在果殼的破裂聲中說出「生存還是滅亡」（to be or not to be）這個名句的吧？

我一直認為莎士比亞的戲是世俗劇，上好的世俗劇。

五月初的威尼斯夜晚有一些寒意，尤其是日落後，海上的濕氣侵漫到聖馬可廣場上的時候。

十日

下午S小姐來，同來的還有 Marco Ceresa先生。我年初在波隆那城見過 Marco 先生，他用義大利文翻譯了唐朝陸羽的《茶經》，九〇年在米蘭出版。他去過中國大陸、台灣、日本不少年，是個茶通，有個中文名字叫馬克。年初在波隆那，馬克表演過中國式的飲茶程序。

現代中國人的飲茶是明、清以來的方法，我們很難想像再古的人煮茶時要放薑、蔥這些辛辣的東西，那簡直就是現在的湯。也許我們現在做湯也可以放一些茶來試試。

我在雲南的時候，每到山上野茶樹發新葉，就斬一截青竹，尋到嫩芽，採進竹筒裡搗一搗，滿了拿下山來。等裡面乾了，劈開竹筒，就會得到一長節，姑以名之「茶棍」。茶棍去了野茶的火氣，沏出來，水色通透嫩黃，用嘴唇啜一啜，鮮苦翻甜，豈止醒腦，簡直醒身，很多問題都可以想通。

義大利人酷愛咖啡，最普遍的一種稱 Espresso，用專用的小金屬壺煎，得一小盅，加奶和糖，隨各人習慣。我試過，不加奶和糖，為的是得其本味，飲後生津但不解渴，通夜不眠，體內生邪火，躍躍欲試，尿赤黃且有沫，大概傷到腎了。也許是沒有飲慣的緣故。

年初在羅馬城一個小吧，朋友去櫃上買咖啡，我在店裡覓得兩個座位。正慶幸間，朋友過來說你要坐著喝嗎？錯愕然後得知站與坐是兩樣價錢。

飲茶，用電腦語言說，內定值（default）是坐著的。

十一日

Raffaella Gallio來，她在上海音樂學院學過古琴，有個中國名字叫「小蘭」。年初我和米塔去義大利北部山區時到她家，在廳裡歇息，忽然遠遠看到灶邊牆上掛著一幅墨色立軸，筆法好熟悉，近前一看，果然是黃慎的，畫的是一個捧花老人。

黃慎（1687-177?）是「揚州八怪」之一，早年從上官周學工筆，後來變畫法為粗筆，善畫人物。這一幅畫的老人是卷髮虬髯，面容有點像笑著的達·芬奇，舉著一籃花。畫的右上角有「嘉慶御覽之寶」橢圓章，印歪了。皇帝在皇家收藏的畫上印收藏章，以清高宗（俗稱乾隆皇帝）最為討厭，看過就蓋，好像政府單位的收發員。

我曾奇怪為什麼將清高宗叫成乾隆皇帝，清代以前沒有用年號稱皇帝的，例如不會稱唐玄宗為天寶皇帝，注意了之後，發現清代十個皇帝每朝只用一個年號，所以用年號稱清代皇帝，亦是民間的一種方便。

黃慎寫字好勾連，喜怪筆，字是有名的難認。這幅畫上他題了一首詩，首句「學道不成鬢已華」，接下去的兩個字即不能辨識，好在他的同鄉雷鋐將其詩集輯為《蛟湖詩艸》，其中也許收錄了這首題畫詩。

畫的落款是他的字「癭瓢」和名章「黃慎」。

畫上既有皇家收藏印，也許是末代皇帝溥儀從宮裡傳出來的。溥儀在他的自傳裡講他經常用賞賜的名義，讓親族將宮裡的文物帶出去。手下的太監也常常偷盜，以至於為了掩蓋結果，竟燒掉了儲藏文物的一間房子。溥儀一九二五年離開紫禁城的時候，帶了大批的文物，很多都散落民間了。

我於是問小蘭如何有這樣一幅畫。小蘭說在中國時見到喜歡就買了，很便宜，問這是誰畫的？我如此這般說了一下，告訴小蘭最好不要掛在灶邊，這畫該是進博物館的。小蘭亦不以為意。

小蘭來，我記得黃癭瓢的那張畫，於是問她收好沒有，小蘭笑說掛到樓上去了。我這次再到義大利來，帶了轉錄的上海姚門父子彈的古琴曲給小蘭。

小蘭上大學時在威尼斯，於是帶我到巷裡串，儼然地主。隨她走，到了一處，小蘭忽然說，當年上學時幾個同學租了附近一個老太太的老房子，凡有男生來，老太太就大聲說話，很厲害，養的一隻狗，又常常來小蘭她們房間裡撒尿。

我說倒可以找找看這位老太太還在不在。於是就找，找來找去總是尋錯。小蘭算了一下，在威尼斯上學已是十年前的事了。

終於找到了，小蘭指著隔了一幢樓高處的一個圓窗。我望著圓窗，想那老太太居高必看得見海，怎麼還脾氣大呢？

沿威尼斯島北面的海邊走，小蘭指著海上的木樁說它們是可以拔起來的，木樁本是平日標示水上航道的，古時候敵人打來時，威尼斯人就拔掉木樁，沒有了木樁，敵人的船就會陷進水中淺處。

古代的威尼斯並非只有富足與豪華。

小蘭在 Rialto 橋附近看到一家小書店，進去買書，於是與老闆 Sergio Volpe 先生相識。臨走時，Sergio 先生說過幾天送我一本書，那本書現在不在店裡。

這個店很小，樓梯上都擺的是書。有一個老人在角落裡看書，遊客們轟轟烈烈地從店前走過。

十二日

G先生、N先生、馬克和我四個人晚餐。菜中有一道扇貝，非常鮮美，殼亦好看。希臘神話的維納斯生自殼中，真是合情理。年初我在佛羅倫斯的烏菲茲博物館看波提切利的〈維納斯之誕生〉，近看用筆很簡，但實在是飽滿。整個博物館裡的東西都是飽滿，有元氣，正所謂的酒神精神。美術學院裡米開朗基羅的〈大衛〉石像，真是飽滿，他所有的作品都飽滿，連受苦受罪都是飽滿的形體在那裡受苦受罪。

文藝復興，復興的是飽滿的人文精神，論到造型，古埃及、古希臘、古羅馬都早將原理確立了。

G先生問到共產主義及中國傳統。我的意見是中國根本沒有共產主義，只有「共產主義」這個詞，就像說到中國禪，與印度的佛教已無甚關係。而「禪」又只是一個話頭，說說的，哪裡就是色相？「共產主義」在中國已經退到了「社會主義的初級階段」，無可再退，只是為了共產黨的面子問題。

義大利人懂「面子」。

G先生說還要看在美國聖地牙哥舉行的美國與義大利帆船比賽的電視轉播實況，於是大家散去。

路邊小店的燈將窄巷照得有些恍惚，來往的人遇到了，側身而過。

《教坊記》有一則說到：

〈聖壽樂〉舞，衣襟皆各繡一大窠，皆隨其衣本色。製純縵衫，下纔及帶，若短汗衫者以籠之，所以藏繡窠也。舞人初出，樂次，皆是縵衣舞。至第二疊，相聚場中，即於眾中、從領上抽去籠衫，各內懷中。觀者忽見眾女咸文繡炳煥，莫不驚異！

這是一千年前為皇帝祝壽的舞蹈，《舊唐書》的〈音樂志〉裡說：「若聖壽，則回身換衣，作字如畫」，所以看來還會變出字來，當時有詩人記錄過例如「太平萬歲」。

《教坊記》的珍貴還在於崔令欽不但記載「其然」，還記載「所以然」。這種舞蹈現在仍有，例如運動會開幕閉幕時的團體操，觀眾席上變化的標語。現在的觀眾看了，也還是「莫不驚異」。

九月在西班牙的巴塞隆納的奧林匹克運動會上，我們肯定還會看到這種古老的把戲。

十三日

下午路過威尼斯音樂學院，聽到有人在練聲，另一個窗戶傳出銅管的聲音，於是進去張望。裡面的院落天井極豪華，大約是舊時貴族的府邸。想起北京的中央音樂學院，亦是在一個王府裡。

從音樂學院出來，過學院橋，橋頭便是威尼斯美術學院，索性也進去看一看。不料剛在門庭小院舉頭，即被門房指手劃腳喝了出來。

我想我在威尼斯充的角色，在別人看來是個日本角色。去店裡買地圖，老闆用日本話問我要哪一種，我雖然中國話說得最好，想通了，操英吉利語說，我是中國人呀。

老闆一拍額頭，歎道，我的媽（mama mia），我好不容易才學了幾句日本話。我說沒關係，哪國人都會付你「里拉」的。

十四日

馬克送我一本他翻譯的《茶經》，裡面收集有精緻的插圖。馬克做的註釋占了書的三分之一。為引用藏在日本的中國典籍，馬克特地去過日本。

馬克亦認識小蘭，說他參加了小蘭在威尼斯大學的畢業考試，那天小蘭彈中國古琴的時候，所在的大房子的窗忽然都自動打開了，真是奇怪。

如果從物理方面討論這個奇蹟，是不是很無趣？

我問馬克，在威尼斯讀東西時常常看到「北方蠻族」，這「北方蠻族」到底是什麼人呢？

馬克說，就是我呀。

馬克的頭髮是淺栗色，屬金髮一類，眼睛藍灰色。一般義大利的女人認為金髮是美，金髮應該是當年「北方蠻族」的頭髮。歷史的歸歷史，現實的歸現實。

以我有限的直觀來看，地中海沿岸的種族的混合，包括東方的阿拉伯人、南方的北非人、北方的「蠻族」。這種混合的結果，就是義大利的男女非常好看，腿修長有力，脖子精緻，額頭飽滿，腰部微妙，像臉一樣的有表情。天生的卷髮和暗色皮膚的人非常多，肥胖臃腫的人在人口比例上很少。我曾問過一個人為什麼義大利的胖子少，回答是：「胖子都被我們趕到美國去了」。

不少中國畫家因為畫〈大衛〉石膏像，錯把大衛當歐洲美男子，其實大衛是實實在在的阿拉伯美男，他是以色列王，鼻梁堅挺，嘴唇有變化，卷髮。北方歐洲人是直髮，斯堪地納維亞人為典型。當地中海東南方的文明燦爛時，「北方蠻族」趕時髦，將頭髮燙卷為美，我們現在還可以從英國法官頭上的假卷髮體會到當年的趨時遺緒。古希臘得非洲人種與文明的傳布，於是古希臘的俊男美女雕像，無一不是卷髮，給中國畫家們的學生時代添了不少麻煩。

現代中國人的愛燙卷髮，應該是近代對西方世俗審美的隔代趨時，因為《水滸》裡的赤髮鬼劉唐還是古典醜男，現在則是男女劉唐滿街走，意氣風發。

義大利人的血源混雜使他們的嘴唇有造型。歐洲北方人的嘴，像用刀在鼻子下面橫砍的一條縫。我的經驗裡，亞洲人的嘴有形狀，這一點在佛像上得到典型的表現。

當一個義大利人看著你的時候，雖然沒有說話，但嘴的造型已經在表達意義了。義大利人的手勢太強烈，因此掩蓋了嘴的妙處。

因為頭骨的造型，義大利人的臉到老的時候，越來越清楚有力，中國人的臉越老越模糊，模糊得好的，會轉成一種氣氛。

在義大利的車站等車，你如果有興趣觀察義大利人是危險的，結果是車開了你都不知道。

現在的中國人在講到中國人的時候，常常會誤以為占人口多數的漢人是一個血源單純的族裔，文化亦是傳統單純的文化。這種誤會我想是由於漢字的保持不變，而漢族其實是雜種，只是近代以來雜交被人為阻斷了。

公元前一千多年前，周人自西而來，這個「西」是多遠的西呢？由文字史看來，從那時起，被規定為亞洲的被稱為中國的這塊土地上，文化一直是混雜的，也因此而有生氣。最明顯的文化混雜時期是公元三世紀到十世紀，手上的這本《教坊記》，記載的僅是其中短短四十年。

〈出內〉一則說：

范漢女大娘子，亦是竿木家，開元二十一年出內。有姿媚，而微慍羝。

「慍羝」就是「胡臭」，古代時指從西域來的人身上的味道，我懷疑即是「胡人」的語源。「胡臭」後來叫「狐臭」，而「羝」是公羊，不是狐狸，「慍羝」是羊羶氣。「竿木家」就是爬竿溜索的能手，唐朝有不少詩人用詩描寫當時的場面，威尼斯亦有不少表現中東一帶來的「竿木家」的風俗油畫。《教坊記》裡提到教坊裡的人「兒郎既娉一女，其香火兄弟多相愛，云學突厥法」。《北史》說「突厥法」是「父、兄、伯、叔死，子、弟及侄等妻其後母、世叔母、嫂」，《隋書》說「突厥法」是「父、兄死，子、弟妻其群母及嫂」。

《眼破》一則說：

有顏大娘，亦善歌舞。眼重，臉深，有異於眾。能料理之，遂若橫波，雖家人不覺也。嘗因兒死，哀哭，拭淚，其婢見面，驚曰：「娘子眼破也！」

「眼重」就是睫毛厚，現在西北的人說姑娘好看，是「毛毛眼」。「臉深」，就是顴骨不突出，亞洲蒙古人種、馬來人種的顴骨是突出的。由面孔的樣子可以看出顏大娘是從中東或中亞以西的地區來的。「橫波」，說的是蒙古人種的細長眼形，顏大娘將自己的顏面化妝成漢人的樣子。現在美國人希望自己能像亞洲人那樣體毛少，所以時興刮和拔體毛，有點像這位顏大娘。

〈壓婿〉一則說，翻筋斗的裴承恩的妹子叫大娘，歌唱得好，哥哥將她嫁給爬竿的姓侯的，大娘却與常在皇上身邊的伶人趙解愁私通。

姓侯的病了，大娘與趙解愁打算用藥毒死他。同班子裡的王輔國、鄭銜山與趙解愁是哥們兒，又和姓侯的是老鄉，於是悄悄告訴也是同班子的薛忠、王琰：說給侯大哥，晚上要是有人送粥給他，千萬別喝。

晚上果然有人送粥，姓侯的就沒喝。

深夜，大娘帶引趙解愁來殺自己的男人，鄭銜山主動要求揹土袋子。滅了屋裡的燈，很黑，鄭銜山把土袋子放在姓侯的身上，但不壓住姓侯的嘴和鼻子，其他人都沒有發覺。

天亮了，姓侯的沒死，當然就是官司，皇上下令范安及追查這件事，結果是趙解愁一夥人每人挨了一百下。

姓侯的沒死是因為土袋子沒有壓嘴和鼻子的緣故，又有一種說法是因為土袋子裂開了。後來班子裡的女人們互相開玩笑說：姊們兒（原文是「女伴」）！以後要是縫壓你男人的土袋子，仔細縫結實了，可別讓它開了綻。

裴承恩的姓，是當時西域疏勒國的姓，所以裴大娘不是漢人，應該是西亞的姑娘。說她歌唱得好，西亞一帶的女聲多沉韌，即現在所說的磁性的聲音，或說聲音性感。她哥哥的名字叫承恩，大概這個承恩承的不是一般的恩。不過皇上沒想到殺人者都是自己身邊的伶人、寵幸者，不殺了，打一百下罷。

唐朝的李氏皇族，也不是漢人，而是西亞的血緣，毛髮是卷曲的，所謂「虯髯」。由西亞人做統治者，風氣當然是愛好歌舞，性格開放。《教坊記》記的是公元八世紀唐玄宗時的事，也就是中國人常常稱道的「開元」、「天寶」遺事。這個玄宗皇帝李隆基，讓中國狂歡了四十多年。

玄宗寵愛的大詩人李白，亦出生在西亞的碎葉，即現在的原屬於蘇聯的吉爾吉斯共和國的托克瑪克。他的詩頗多酒神精神，我常覺得他的有些詩是彈「東不拉」伴奏的，相比之下，杜甫的詩明顯是漢風。李賀的詩亦是要以「胡風」揣度，其意象的奇詭才更迷人。

當時勢力最大的軍事將領安祿山，是突厥人與波斯人混血，史思明則完全是波斯人。安祿山自己會說多種胡語，鎮守的河北，多為東突厥人。當時有人自不說漢語的河北回長安，預言安祿山必反。

我有不少江蘇的朋友長連鬢鬍子，蒙古人種是山羊鬍子。作家葉兆言、蘇童都是胡貌江蘇人，剃掉頭髮，活脫標緻羅漢。自古南方多胡商，福建泉州人就多阿拉伯人裔傳。最古的中原人，大概是現在的苗人，所謂炎帝子孫。中華民族人種文化歷史，就是「客」來「客」去的「客家」史，靠「書同文」貫串下來。

「五胡亂華」，左右瞄瞄，雜得很哪。

《教坊記》所記載的歌舞，多是由西亞傳來，教坊內外的藝人，也多有西亞人。看唐長安地圖，西域人社區之大，有如觀今之紐約、洛杉磯的族裔社區。

與其說唐朝時胡人被漢化的程度，不如說唐朝時漢人被胡化的程度，端看從哪個角度講。

我嘗試說唐詩的興旺與當時的西亞音樂有關，胡人的音樂大概有現在搖滾樂的意思。唐時的詩句都較後世通俗，而且量大，清代的《全唐詩》收了兩千多個詩人的近六萬首詩，要知道，唐朝時中國還沒有活字印刷術，那麼多人做那麼多詩，傳布恐怕是靠歌。

顧氏《文房小說》的《集異記》裡載了一篇唐人小說〈王之渙〉，講開元年間有一天王昌齡、高適、王之渙三個詩人到館子裡喝酒，有十幾個梨園伶官也來喝酒，三個詩人於是避到旁邊去。不久又來了四個漂亮的妓女，一來就奏樂唱歌。三個詩人於是打賭看她們歌中唱誰的詩多，結果每個人的詩都有。後人考證這三個人不可能在一起，但歌伎唱詩，却透露了唐詩流布的世俗途徑。

唐詩的四言、五言、七言和詞，大概與漢族本來的音樂和胡樂的多種節奏有關係？

大詩人白居易的詩的特色之一即「老嫗都解」，就是這樣，長安名士顧況還半玩笑半警告：長安米貴，居大不易。這有點像對到紐約去闖蕩的搖滾樂手警告：競爭厲害呀。現在北京有個搖滾樂隊叫「唐朝」，真讓人神往，但聽下來，還是朋友崔健的歌詞類似唐詩的有元氣、樸素、易於上口。猶記得八六年崔健在我家小屋唱〈一無所有〉，唱了朋友們要求再唱。

其實最像唐朝盛況的是現在流行台灣、大陸的「卡拉ＯＫ」，各種人都在積極地唱同樣的歌，只不過唐朝沒有麥克風和唐詩與現在歌詞有優劣之別。

唐朝沒有產生哲學家，也沒有思想家。帶思想的狂歡多尷尬。

崔令欽記的那個殺人故事，我曾經用來寫過小說，但寫來寫去不滿意。

十五日

下午與馬克去 Zattere 的 Gelati Nico 小飲。Zattere 應當譯為中文的「浮碼頭」，「碼頭」是 Molo。

威尼斯的 Lagoon，應該翻譯成「涂」，即淺海的淤泥地，中文字典裡沒有這樣的解釋，大概只有江浙海邊的人這麼說，但是你看了 Lagoon，你就明白那是江浙海邊人說的「涂」。

之後走了一長段路去買做飯的肉和蔬菜，買到了薑、大料[註]。這兩樣是威尼斯人極少用到的，因此難買。在一個店裡居然買到豆腐，可惜太硬了，像豆腐乾兒。

馬克說，威尼斯街上所有路標上的文字，拼的都是威尼斯當地的發音。

路過 Rialto 橋附近的書店，進去看 Sergio 先生。Sergio 先生送我兩本書，其中一本是卡爾維諾的《看不見的城市》。全書是卡爾維諾虛構的馬可波羅與忽必烈汗的對話，有一處寫到馬可向忽必烈講了許多城市之後，忽必烈說你講了你從威尼斯一路來的各種城市，為什麼不講威尼斯？馬可回答，我一說出口，威尼斯就不在我心中了，還是不講的好。但是，我所講的這麼多城市，其實都是威尼斯。所以，我已經記不清威尼斯了。

這近似於中國禪裡一句頂一萬句的那句話：說出的即不是禪。中國人很久以前就認識到語言的限制，莊子說，「得魚忘筌」，打到了魚，魚簍子就忘掉。中國還有一句「得意忘形」，也是同樣的意思。只有到了唐朝的禪宗，中國人對語言的否定才達於極端。

中國禪宗的公案有數萬個，正是因為禪認為世界是具體的，人類的話語不可能對應無限的具體，所以只好以一對一，以數萬對數萬，同時又用一句「說出的即不是禪」來警告：語言不等於語言的所指。

真是說得昏昏欲睡，還是來講故事。

一個學問很大的人去問「禪」是什麼，禪師先給學問很大的人倒茶喝。茶杯裡滿了的時候，禪師却不停止倒茶，於是溢出的茶水流到桌子上，弄濕了學問很大的人的衣服。學問很大的人生氣了，說，我來問你禪是什麼，你却這樣對待我！禪師於是停止倒茶不說話。

杯裡滿了的時候，就倒不進水了。將束縛你接受「新」的「舊」倒掉，才可能接受「新」。這是日本禪，容易懂，古波斯與阿拉伯也有這樣的智。

中國的是，有人問洞山良价什麼是佛，洞山回答：麻三斤。玄吧？名詞數詞量詞，因為太具體了，嚇得人只好往玄處想，用盡理性的智，忽略了直覺的慧。

又有人問禪，禪師直指流水。對「水」的回答就是具體的水。

禪是具體，所以萬物才可能皆佛。悟到這一極端，語言才可不妄對「現實」，反而自由了，有情趣。

所謂「後現代主義」也是「當下」的「言說」，因「當下」而重疊空間，潛在地否定時間。中國人的「歷史」意識，亦是一種否定時間的空間重疊。

說說就又昏昏然起來了。

卡爾維諾還寫道，與地獄共存的辦法是你成為地獄的一部分，或者，找到地獄中不是地獄的那部分。總之，你擺脫不了地獄。

我看語言亦是一種地獄。

Sergio 先生感歎威尼斯的旅遊商業的粗劣趣味。

我說，這也是一種「地獄」吧。

Sergio 先生說有時間要帶我去不為人知的威尼斯。他說他不作介紹，只回答我的問題。盡說盡說之間，自豪與悲壯溢出小店，店外仍然是遊客們轟轟烈烈地走過。

「馬可波羅」的感歎？威尼斯的卡爾維諾？

卡爾維諾其他的小說用過日本禪。

卡爾維諾的後設小說寫得極精緻，比如《如果在冬夜，一個旅人》精緻到為後設而小說。

中國大陸第一個寫後設小說的人我看是馬原，真正會講故事。

註：即八角茴香，又稱大茴香。

十六日

傍晚出來，穿過聖馬可廣場，沿海邊的 Riva degli Schiavoni 大道走，過七座橋，再折向 Garibaldi 街。街上是出來納涼的威尼斯人家，小孩子跑來跑去，老人聚在一起，爭論，打著手勢爭論。一家店裡賣幾籠小動物，鳥，還有鼠，三、四歲的小孩子搖搖晃晃跑進去，獃看然後笑。河裡有來賣菜的船，天晚了，只剩下一些蔫了的葉子。路邊有大公園，穿過去，遠處是威尼斯雙年藝術展的地方。

在路邊坐下時，教堂的鐘聲響了。

我想起年初在龐貝古城，遺址中古羅馬人家居甚小，而廣場、廟堂、浴場一類公共場所均很大，地中海的文化，公共生活是最重要的吧？古羅馬講究修辭，重視講演，義大利人善言談，滔滔不絕，在門口告別可長達一個小時，我等在一邊觀察以消磨時間。義大利電影對話甚長，這都是古代公共生活的影響嗎？

馬克的家就在附近，有個台灣來的周君明先生住在他家。周先生在台灣設計電腦鍵盤，這幾個月在威尼斯學義大利語。周先生晚上做了幾個中國式的菜，只能叫中國式的，因為在威尼斯能買到做中國菜的材料不容易。

例如，在威尼斯買不到葱。有幾天我起大早到 Rialto 橋的菜市去，轉來轉去，就是找不到葱，威尼斯人不吃葱？是怕嘴裡有味道嗎？可是威尼斯人吃蒜。

中國講究烹調，最先是為敬天，也算是敬神吧，首要是味兒，好味道升到天上去，神才歡喜，才會降福保祐。人間敬的菜若是沒有味道飄上去，神哪裡會知道你的心意？敬過神的菜，人拿來吃，越吃嘴越刁，悉心研究，終於成就一門藝術。我們現在看到的商周的精美青銅器，大部分是用來敬天敬祖先和人間吃飯的。

人間的菜裡，最難的是家常菜，每天都要吃的菜，做不好，豈不是天天都要難過？四川成都的小吃，想起來就要流口水，沿街一路吃過去，沒有夠的時候。以前蜀人家的婆婆每天早上要嚐各房兒媳婦的泡菜，嚐過之後便知道哪個媳婦勤快。四川泡菜難在要常打點，加鹽加酒雖然可以遮一下壞，卻失了淡香，而且，泡菜最講究一個脆。

人比神難侍候。

中國菜裡，以粵菜最講究菜的本味，又什麼都敢拿來入菜，俗話說，老廣是四條腿的除了桌椅板凳，什麼都吃。

吃飯的時候不免談到電腦的中文系統，對我來說，最不方便的是中國大陸與台灣的中文內碼不一致，造成煩惱，不敢輕易改換系統。也許這正是電腦商的成功之處？我聽說國際標準 ISO-10646 已達成各種文字都能接受的第二版協議，其中中文、日文、韓文裡的中文部分都使用同種類的編碼，看來問題將要解決了。

周先生演示台灣的中文系統，BIG-5碼有一萬三千多個漢字，不禁為之心動。我用的大陸中文GB內碼，只有六千多字，寫官樣文章可能夠了，我寫小說，常常需要造字，煩不勝煩。

馬克有一張台灣畫家丘亞才給他畫的素描像，畫得好，疏朗而有神氣。

十七日

王克平從巴黎打電話來，說他的木雕二十五日在 Hotel de Ville 展覽，問我能不能去巴黎參加開幕展。我當然要去，但先得請威尼斯警察局將我的一次進出義大利的簽證改成多次進出的。

克平是我八十年代初在北京一起畫畫的朋友，後來他移居法國，我們大概有十年沒見面了，只是書信來往，通電話。

克平是我畫畫朋友中最有才氣者之一，他每天都要動手，否則就身體不舒服。一九八八年漢城奧林匹克運動會時，奧委會收藏了他一個兩公尺高的木雕，這個木雕原來放在法國鄉下他小姨子的院子裡，運走時村裡人都有些捨不得。

十八日

下午開始颳風，聖馬可廣場那些接吻的人，風使他們像在訣別。遊客在風裡都顯得很嚴肅。

十九日

M先生是個很熱情的人，其實義大利人，整個地中海沿岸的人都很熱情，大概是因為陽光吧。上午，M先生要引著去 Murano 島看做玻璃，之後再去看印染還是挑補繡，沒有聽清楚。

M先生一到街上，就說，這條街從前叫杏仁街，是一條妓女街（杏仁是女陰的隱語）……從前的女人總是勸男人不要到杏仁街去……街頭的這座橋叫客氣橋……這是行會的樓……這是郵局，從前是德國大使館。

忽然聽到M先生說，從前威尼斯的街牆上都是壁畫。這話令我一驚，威尼斯在我的心目中完全變了一個樣子。

威尼斯的建築受拜占庭風格的影響很大，在那些雕琢的門窗廊柱之間，總好像失去些什麼。是的，如果有壁畫，它們就平衡了，會像波斯地毯那種調和的絢爛。

M先生講得高興的時候，會在窄巷裡停下來滔滔不絕，於是來往的人只好被堵在往來的路上。

M先生不斷和人打招呼，說，都是朋友。

去Murano的水路中，有S. Michele島，是威尼斯的墓地。島上還有一個修道院，如果你在島上待了一天，修士就請你吃飯。

島中有希臘正教的陵園，斯特拉文斯基和他的夫人同葬在這裡。風很大，樹都在搖，陽光照得白石墓板晃眼，逝者安息。

到了Murano，工廠已經下班了，不過M先生還是找到了一家，三個師傅在做吊燈。我本來一直在奇怪，為什麼要到這裡來看做玻璃，我在威尼斯島上去過不少玻璃店，站著看他們用玻璃做螞蟻，做老鼠。原來威尼斯人認為的做玻璃，是做大型玻璃吊燈。

回到威尼斯島後，M先生又介紹了一個教堂的天頂畫。他說，這是世界上最大的油畫，原來是整個天頂用亞麻布貼好後，再將油彩畫上去。

與一個威尼斯人在一起，你很難預料到你會看到什麼，可能的話，威尼斯人會把整個威尼斯島翻過來向你介紹。

時間晚了，沒有看成我沒聽清的印染還是挑補繡。

晚上請馬克和周先生在「杭州酒樓」吃飯，這家館子是上次小蘭來時介紹的。菜上來後，周先生吃得苦笑。

一整天都是風，威尼斯的木窗板在風中啪啪作響。

二十日

仍然是風。

晚上 Luigi 和 Maurizio 來，Maurizio 在波隆那，他要寫一篇關於中國知識份子問題的論文。

我的意見是，「知識份子」這個詞在中國的出現還不到一百年，是外來的，借用日文的「知識」（chishiki），中國傳統上是稱「讀書人」和「士」。「傳統」這個詞，也是得自日文，日文用來翻譯 Tradition。

傳統中的讀書人每天讀書，目的是為了通過考試而做官，做了官之後，則整個家族的經濟、政治狀況都會有根本的改變。孔子第一個提出「有教無類」，使受教育者無分出身，這是世界教育史上的一個新概念，在中國實行了兩千多年，歐洲則是資產階級革命之後才「有教無類」，因為需要認字的勞動力。孔子還指出「學而優則仕」，也就是為什麼讀書，搞得當今大陸讀書人對「下海」又恨又愛，一股子滋味在心頭。

傳統中的讀書人要讀很多年的書，所謂「十年寒窗」。在這個過程當中，讀書人經歷的是一個自覺改造自己的過程，也就是讀聖賢書，將自己思想中非聖賢的部分清除，這樣才有可能在考試時答案合格，得以通過而能做官。

因此中國的讀書人與皇家及其官僚機器的道德一元化是必然的，道德的一元化是政治一元化的基礎，讀書人與政治的一體性也就是必然的了。這種情況到現在沒有改變，我還記得我小學時代每年的操行評語中「缺點」一欄總是「不關心政治」。

不過這些都是複述黃仁宇先生的《萬曆十五年》的觀點，這觀點我很同意。

用西方的「知識份子」來代替中國的「讀書人」，會誤解「中國知識份子」。中國如果有西方意義的知識份子，常常是由於個別人的性格的原因，就好像麥田裡總會有一些不是麥子的植物。

我對知識份子不很重視，因為對「知識份子」的定義都可以用在其他的「份子」身上，例如「獨立見解」，任何一個心智健全的人都會有獨立見解。反之，許多惡習在自稱知識份子的人身上並不缺乏，例如狹隘、虛偽、自以為是、落井下石。

所以我重視的是每個人對知識的運用，而非誰是知識份子。

Maurizio 說，六月將有一個中國團參加波隆那的博覽會，其中有幾位四川來的廚師，於是相約到時候去吃川菜。

二十一日

還是風，略小，仍冷。

中午去街上買菜，又忘了威尼斯人中午休息，無功而返。威尼斯古代的中午休息嗎？

威尼斯警察局的答覆是，不能改變中華人民共和國護照的一次入境簽證為多次入境簽證。法國因此不能去。

二十二日

米塔、安德雷從羅馬坐火車晚上十一點十八分到威尼斯來，我去車站接他們。安德雷是大個子，很遠就看得見他。米塔小巧，像一把阿瑪蒂（Amati）提琴，總是揹一個大包，用胳膊夾住。穿過幽暗的威尼斯，我們走回火鳥旅館。

我給他們做湯麵和豆腐吃，饞起來也給自己做了一碗。湯麵按照中國南方陽春麵的方法，料底加的橄欖油，這裡沒有香油和冬菜，亦無葱，加一些煎豆腐的汁，用開水沖開，麵煮熟後撈在湯料裡，再放幾片這裡的苦菜，味道鮮起來。

煎豆腐則是切幾片鹹肉鋪在鍋底，再把豆腐切成片放在肉上，撒鹽，淋一點辣椒醬，想想義大利人總要吃番茄醬，也淋上一點。煎出來還不錯，可惜豆腐太硬了。

請他們喝咖啡，但我買了用開水沖的美國式咖啡。不明此道，慚愧，於是給他們沏茶。

閒扯起來，談到芒克，米塔和安德雷與芒克很熟。我非常喜歡芒克的詩。

八四年夏天，中國已經開始經濟改革，我和芒克去秦皇島與人談生意，以為可以賺點兒錢。芒克一到海邊，就脫了鞋在沙灘上跑，玩了很久。芒克人很漂亮，有俄國人的血統，我躺在沙灘上看著美詩人興奮地跑來跑去，想，如果我們能賺到錢的話，可能是老天爺一時糊塗了。

二十三日

早上安德雷出去買報，買回來義大利人喝的咖啡。

報紙中《共和國報》正好登了我為蘇童的小說寫的文字，其中談的是他的「語氣」。

蘇童無疑是現在中國大陸最好的作家之一，他的敘述中有一種語氣，這種語氣沒有一九四九年以來的暴力，或者說，即使蘇童描寫暴力，也不是使用暴力語言來描寫暴力。

蘇童的閱讀經歷應該是在幾十年來的暴力語言的陰影下，他從陰影裡走過來而幾乎沒有陰影的氣息，如此飽滿，有靜氣，令人訝異。如果了解四十年來暴力語言的無孔不入，就可以明白蘇童是當今自我力量最強的中國作家之一。

廚子身上總要有廚房的味道，蘇童卻像電影裡的廚師，沒有廚房的味道。

蘇童的長篇小說《米》，寫出了當代中國小說中最為缺乏的「宿命」，這個宿命與性格融會在一起，開始接續《紅樓夢》的傳統。當代中國大陸的意識形態是排斥宿命的，同時認為藝術完全是工具，所以四十年來大陸文學裡宿命消失了，從此任何悲劇故事都不具有悲劇意義，只是悲慘、訴苦和假陽剛，這一切的總和就是荒謬。其實共產主義概念既然認為人類有一條必然之路，也就無非是一種宿命的變體。

蘇童的許多小說都有宿命，例如〈妻妾成群〉，感人之處是隱藏在似乎是制度問題之下的命運。假如制度是決定性的，那麼不同制度下的人怎麼樣互相感受對方呢？希臘悲劇的力量為什麼能夠穿越制度的更迭，仍然控制著我們的精神？《大紅燈籠高高掛》的改編在我看來，這一點上自覺不到。

中國古典小說中，宋明話本將宿命隱藏在因果報應的說教下面，《金瓶梅》鋪開了生活流程的規模，《紅樓夢》則用神話預言生活流程的宿命結果，這樣成熟迷人的文學，民國有接續，例如張愛玲，可惜四九年又斷了。

這其中的原因可能是歷史主義統治了中國文學，而「歷史」這個字眼本來就很可疑。用文學反映所謂的正確的歷史觀，結果是文學為「歷史觀」殉葬。這也就是為什麼我常常重讀托爾斯泰的《戰爭與和平》，却避開小說最後的歷史說教章節的原因，我不忍看到一個偉大的小說家淪為一個三、四流的歷史哲學本科生。

中國還有一位女作家王安憶，也是異數，她從《小城之戀》、《崗上世紀》到《米尼》，出現了迷人的宿命主題，使我讀後心裡覺得很飽滿，也使我覺得中國文學重要的不是進化式的創新，而是要達到水平線。

這樣的作家，還有一些，像劉震雲、李銳、余華、劉恆、范小青、史鐵生、莫言、賈平凹、朱曉平、馬原、李曉等等等等，也許我要改變過去的看法：當代中國大陸只有好作品，沒有好作家。

中國傳統小說的精華，其實就是中國世俗精神。純精神的東西，由詩承擔了，小說則是隨世俗一路下來。《紅樓夢》是第一部引入詩的精神的世俗小說，之後呢？

也許是我錯了。

三個人在威尼斯閒逛。威尼斯最好的就是閒逛。

逛到格拉西宮，那裡正舉辦列奧納多·達·芬奇的展覽。義大利古代的素描，迷人的是淺淺的線條與紙的關係，產生一種銀質的素麗與微妙。中國古典繪畫重視的筆墨也是這種素描關係，墨用得好，也是銀質的。

達·芬奇是歐洲文藝復興的完整象徵，科學、藝術、人文。現在是分類領域裡的奇才，為人羨慕景仰，中國大陸科技類大學教育談不上人文教育，綜合類大學也談不上，畢業出來的學生其實是「殘疾」人。

逛到葛根漢現代藝術博物館，老太太原來死後葬在這裡，墓緊靠著花園的西牆，我以為她葬在紐約。旁邊還有她死前三十年間的六條狗的墓，墓碑上刻的是「我的孩子們」。

畢加索的「詩人」在這裡。

又到浮碼頭小飲，麻雀像鴿子一樣不怕人。一個老人久久坐著，之後離開，筆直地向海裡走，突然拐了一個直角沿岸邊走，再用直角拐回原來的座位，立在那裡想了一會兒，重新開始他的直角離開方式，步履艱難。

老？醉？也許覺出一個東方人注意到他，於是開個玩笑？

其實這個東方人在想，自己老了之後，能不能也拐這樣漂亮的直角。

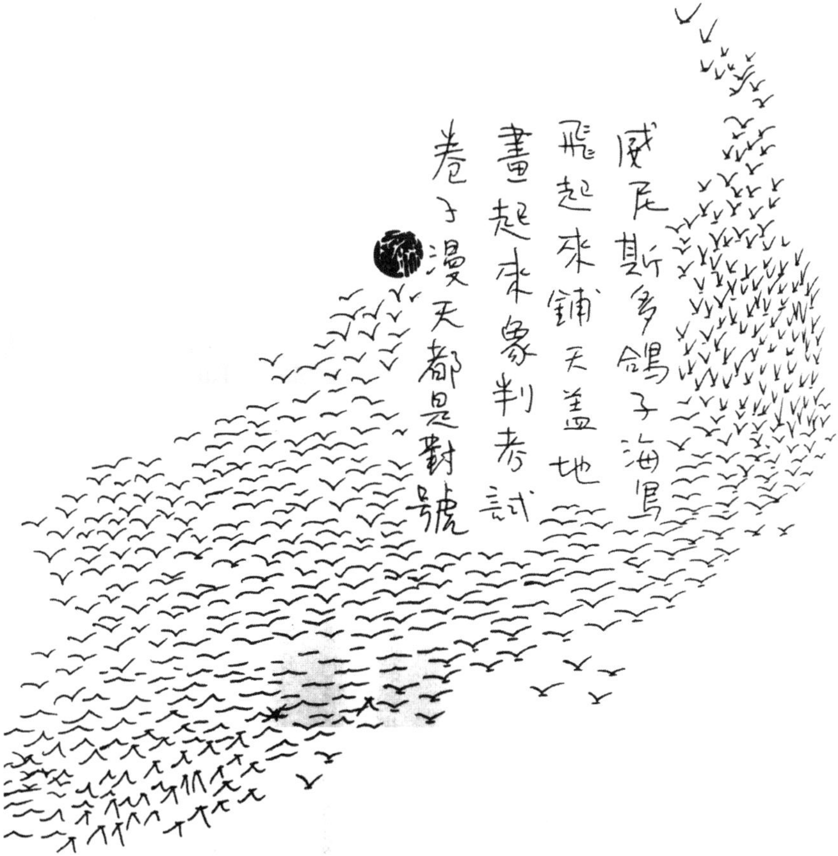
威尼斯多鴿子海鳥
飛起來鋪天蓋地
畫起來象判考試
卷子漫天都是對號

手繪：阿城

二十四日

米塔和安德雷傍晚回羅馬，送他們到火車站，約好不久去羅馬看他們。安德雷說不要在下個月底，因為米塔得了一個翻譯獎，下個月底到南方去領獎。

年初我得了 NONINO 獎，同時得獎的還有一個法國歷史學家和一個義大利作家，他們領獎後的感言都非常好，我則說我的這個獎其實應該是米塔的，一定是米塔的譯文好，才促成了十一位評委的決定。這不是客氣。

朋友木心在回答《中國時報》關於中國作家什麼時候能得諾貝爾文學獎的時候一針見血：譯文比原文好，瑞典人比中國人著急的時候。

米塔今年其實得了兩個獎。

二十五日

我可以分辨出誰是威尼斯人，誰不是威尼斯人。威尼斯人走得很快，任何熟悉自己居住地方的人都能飛快地直奔目標，而且通曉近道兒。

威尼斯人經常會碰到打招呼的人，在一個地方住久了，貓和狗都會摸清你的脾氣。

我在威尼斯走路的速度開始快了，這不容易，每天經上萬隻鞋底磨過的街石像冰一樣滑。

街上賣東西的人開始知道我不是日本人了。

克平從巴黎打電話來，講既然我不能去，那麼他這個周末來威尼斯。

二十六日

偏頭痛，左邊，右邊從來不痛。因為右邊不痛，所以更覺得左邊痛。

曾經去看過西醫，醫生說，偏頭痛是一種幻覺，實際上你的頭沒有發生什麼事情，不要擔心，吃一點阿斯匹靈吧。

我想我自己脖子上的這顆頭痛起來如此具體，不可能是幻覺。於是去看中醫，大夫先號脈，之後看我伸出來的舌頭，說，脈細弦尺弱，腎虛，陰虧，陰陽不調致虛火上升。開幾副藥罷，吃了若是症狀減輕，再來摸一下脈，把藥調整一下。堅持吃，若不過勞，兩個月可以去根兒。

我去看的這個大夫通西醫，按他的解釋是，頭顱的顳骨處，有一個很小的洞，面部三叉神經通過這個小洞從顱內出來，若這個小洞處的肌肉或三叉神經發炎，就會頭痛。發炎吃消炎藥當然是對的，吃鎮痛藥也可以解決一時的疼痛，但都不能解決根本的問題，根本的問題是為什麼會發炎。

中醫用陰陽概括人體內的系統關係，陰虛就是系統不調和了。不調和的結果是虛火發出來，導致炎癥，例如牙床發炎，俗稱火牙，臉上長痘等等等等。一般人認為腎虛是房事過多造成的，其實「腎」在中醫的概念裡是一個系統，任何方面的過勞都可能傷害這個系統，造成「腎」虛。

我的原因我自己明白，就是每天從半夜寫到院子裡的鳥叫了。你知道鳥在一天的什麼時候開始叫嗎？

我現在知道威尼斯的鳥什麼時候開始叫。牠們在窄巷裡叫，聲音沿著水面可以傳得很遠。聽到鳥叫，我就關上電腦，下樓，走到巷子裡的一座小橋上，下面是河水，其實是海水，在威尼斯你永遠可以聞到鹹腥味。威尼斯是一個海島，海是亞德里亞海。

橋頭有一盞昏暗了整夜的燈。黎明前的黑暗中，鳥的嗓子還有點啞，它們會像人那樣起床後先咳嗽幾下，清理清理。

現在它們已經清理好了，所以聲音傳得更遠了。

威尼斯的水手也是在小巷河中的船上唱歌，唱完了，船裡的遊客和站在橋上的遊客一起拍手，掌聲像歌聲一樣，在小河裡傳得很遠。

因為偏頭痛，三年前把酒戒了。我曾與朋友說過，如果有一個人突然把菸或酒戒了，千萬不要和他交朋友，他既然狠心到可以戒菸戒酒，還有什麼不可以做的呢？如今我說過的話在我身上得到報應。

我的人生就此失去一大境界。

我的這顆頭痛起來，人會失去平衡，什麼事也不能做，只好躺下，雖然躺著一樣是痛。

天亮的時候，那個斜鐘塔開始敲起鐘來，好像記記打在我的頭的左邊。

二十七日

與馬克去S. Giorgio Maggiore島，島上有圖書館。這島上大部分是Girogio Cini基金會租下的，去，要預約。基金會圖書館買了台灣中央圖書館藏書的微縮膠捲，有一本目錄，翻檢之後，知道是當年北平圖書館的善本書，一九四九年轉移到台灣。大概北京圖書館現在也買了這套膠卷。圖書館裡架上的中文書大多是叢刊集成和佛學、道教文獻套裝。

我不喜歡北京圖書館，甚至不喜歡所有中國大陸的圖書館。大陸圖書館常常誇耀收藏了多少萬冊書，但需按等級申請借哪一類書，我不是這個等級系統裡的人，所以只好讀不到什麼書。中國為什麼要發明印刷術呢？可能是預測到可以印鈔票吧。

島上有教堂，於是到鐘樓上去看威尼斯。開電梯的是一個修士，知道我是中國人後，講他有幾個朋友到中國傳教，甚為羨慕，因為自己選擇做修士，所以不能到處走。

在高遠處彷彿看到的是古代的威尼斯，大部分現代的設備都被縮小以致看不見。

俯覽下的威尼斯好像是藍玻璃板上的一塊橘紅色寶石。

回到威尼斯本島，頭還在痛，馬克正好帶得有藥，討了一片，在街上卻到處找不著水，平常閒逛時總是見到一直流水的龍頭，這時都不見了。遇到小藥房，買了一盒藥，摳一粒出來，攢在手裡汗都出來了。

書店的 Sergio 先生介紹了一個做琴的 Andrea Ortona 先生就在附近，於是去看他。進門後即向他討水，將藥吃下去兩粒。Andrea 是個年輕人，克雷莫納提琴學院畢業，威尼斯只有他一個人製作小提琴。

正有一個威尼斯音樂學院的教授拿一把大提琴請他黏裂開的地方，說晚上要用。兩個人說了一會兒，教授走了。他苦笑著說這麼短的時間怎麼可能乾透呢。

藥開始發生作用，頭不痛，但是重。想吸菸，到處都是木頭，於是出去在河邊街旁拿出菸來吸。忽然看到河對面一幢華屋裡有夥年輕人在打籃球，那屋子雖然大，但打球却嫌小了，而且牆上是精美的玻璃窗。於是懷疑是不是頭痛得狠了，吃藥有幻覺，回到店裡喚馬克和Andrea出去看，確實有人在打籃球。他們也覺得奇怪。

今晚開始轉播美國職業籃球季後賽（Play off）西區冠軍爭奪賽，之後，東西區的冠軍隊爭奪全美冠軍。不要以為還有亞軍，沒有，美國的職業球類比賽只有冠軍。就像贏錢一樣，你能說沒有贏到錢的是「亞軍」嗎？

美國的職業籃球也確實是在贏錢，明星級隊員的年收入高得令人不能相信。有人問一個富翁為什麼不看籃球，富翁說，我不願意看千萬富翁流著汗在許多人面前跑來跑去。

幸虧我不是富翁，所以我看籃球。

今天是西區隊波特蘭拓荒者對猶他爵士，拓荒者勝。

二十八日

東區隊的芝加哥公牛對克利夫蘭，公牛以一二二比八九勝克利夫蘭。演員傑克．尼可遜到場，他永遠是在場邊觀看。他原來是洛杉磯湖人隊的球迷，季後賽每場必到，也許他現在追隨公牛了。

湖人的魔術強生去年宣布感染愛滋病毒退出球隊，湖人的球迷甚受打擊。我當然也是湖人的球迷，但不喜歡強生控制了湖人。明星隊員當然在很大程度上控制球隊，可問題是強生將湖人的進攻速度壓制下來。雖然湖人去年還贏了西區冠軍，但是去年季後的比賽，只看到強生把球留在自己手上，其他的隊員幾乎無事可幹。強生大概已經跑不快了，他的切入上籃慘不忍睹，毫無美感，但是能造成對方犯規，於是罰點球，強生到底是職業球員，他罰球很少有不進的。

湖人去年與拓荒者的西區冠軍爭奪賽，到最後一秒時，強生上籃失敗倒在地上，鏡頭裡他笑得很快活，多年的職業經驗告訴他，裁判將判對方犯規。果然是強生得到罰球機會，湖人贏了。

美國人說，贏了就是贏了。美國人崇拜勝利，我則認為我沒有看到運動，我希望富翁跑來跑去，我希望看到他們的運動素質值那麼多年薪。

二十九日

王克平一早來，老樣子，總是笑咪咪的。

克平說在巴黎的家裡種了許多竹子，沒想到竹子要悉心侍候，澆水，除蟲。我警告他竹子的根很厲害，最後能把房基穿透，整個房子因此倒掉，克平還是笑咪咪的。我又說注意竹子開花，竹子開花就是它們要死了，一死會全部死掉，因為竹子是靠根，也就是靠竹鞭發展成竹林的，克平這才有些慌，說，是嗎？

中午正好N先生請吃飯，於是拉了克平一道去。N先生談起明年的威尼斯雙年展，問我能否推薦中國的畫家。不過中國畫家常常搞「表現主義」，最好不要陷入他們的矛盾裡，於是提了一些名字並囑咐不要說是我提的。

下午和克平在頂樓陽台上閒談，漫無邊際。人世一大快樂就是與朋友閒扯終日，不必起身。這一點歐洲人與中國人最像。美國人是在電視機前面，不斷地用遙控器換頻道。

傍晚，威尼斯夏天的第一場大雨。

波特蘭勝猶他，一〇五比九七，取得全美冠軍決賽權。波特蘭的小個子Ainge與猶他的小個子Stockton打得精采。籃球是長人的運動，我在美國看籃球賽現場，有時會錯覺回到了史前，在一個安全的地方看恐龍打架。今天幾乎是矮個子決定了高個子的命運。

三十日

芝加哥公牛勝克利夫蘭，九九比九五。公牛將與波特蘭爭奪全美冠軍。這下有的好看了。也有小個子，公牛的小個子 Paxson 與克利夫蘭的小個子 Price。美國籃球運動要改變了嗎？

三十一日

C先生告訴我威尼斯與中國的蘇州是友好城市。我想這大概是因為蘇州城裡有許多河道的關係吧。

我在蘇州住過一段時間。我做過攝影師，去拍過蘇州的許多地方，就是沒有拍蘇州的河，原因很簡單，當時蘇州的河裡幾乎沒有水了，於是河的兩岸像牙根一樣裸露出來。

在水、橋與城市的關係上，類似威尼斯的城市還有荷蘭的阿姆斯特丹，它有一千多座橋，一百多條運河。瑞典的斯德哥爾摩，十五個小島被水隔開，又由許多橋連起來。

非洲馬里的莫普堤也有些像，但是城市所在的三個島，缺少橋樑的連結。尼日利亞的首都拉各斯則號稱「非洲威尼斯」。

文萊的首都斯里巴加灣和泰國的首都曼谷也都是與河道有密切關係的城

市，但所有這些地方，據我的觀察，獨獨威尼斯具有豪華中的神祕，雖然它的豪華受到時間的腐蝕，唯其如此，才更神祕。

白天，遊客潮水般湧進來，威尼斯似乎無動於衷，盡人們東張西望。夜晚，人潮退出，獨自走在小巷裡，你才能感到一種竊竊私語，角落裡的歎息。貓像影子般地滑過去，或者靜止不動。運河邊的船互相撞擊，好像古人在吵架。

早上四點鐘，走過商店擁擠的街道，兩邊櫥窗裡的服裝模特兒微笑著等你走過去，她們好繼續聊天。有一次我故意留下不走，坐在咖啡店外的椅子上，她們也非常有耐心地等著，她們的祕密絕不讓外人知道。

忽然天就亮了，早起的威尼斯人的開門聲皮鞋聲遠遠響起，是個女人，只有女人的鞋跟才能在威尼斯的小巷裡踩出勃朗寧手槍似的射擊聲。

六月

威尼斯的造船和航海，使威尼斯有過將近七百年的海上霸業，

這當中會有多少有意思的事？

六月一日

其實不妨將威尼斯與揚州做一個比較。

先來說揚州。揚州正式被稱為揚州，是在公元七世紀唐初，當然這之前揚州因為地處長江與隋朝開鑿的南北大運河的交會處，已經非常繁榮。幾乎唐朝的所有著名詩人，都到過揚州並有詩作，記憶中似乎只有杜甫雖然提到過揚州而終於沒有去成。

揚州的令人留戀，唐朝有個叫張佑的詩人甚至用「人生只合揚州死」來形容。到了公元十七世紀的清初，揚州因為成為全國鹽運中心的關係，達到了繁榮的頂峰。

據統計，當時，比如康熙年間，全國的年收入是二千三百多萬兩銀，而揚州的鹽商每年要賺一千五百多萬兩，超過國家的歲入的一半。乾隆五年（一七四〇），一個叫汪應庚的商人自己出錢賑饑荒，「活數十萬人」，當然我們也要知道當時一個村塾先生每月收入低到不足一兩銀。

另一個為人熟悉的事是乾隆皇帝南巡到揚州，遊大虹園，也就是如今還在的瘦西湖，說，「此處頗似南海之瓊島春陰，惜無喇嘛塔耳」。皇帝說的就是現在北京城中心的北海公園，清朝時是皇家園林（現在這處園林的南部是中國共產黨中央和國務院所在地，最南邊的大門現在叫新華門，一九八九年六四時學生開始請願即在這個門前）。公園裡有一個很大的湖，湖中有島，島上有山，山上有白色巨塔，塔的高度大約和聖馬可廣場上的鐘樓相等，按照西藏佛教的塔的樣式建造。當時江南人沒有見過這個塔，於是揚州鹽商綱總，也就是現在稱為商會會長的江春馬上賄賂皇帝的隨從，得到塔的圖樣，連夜造了一個同樣大的。第二天皇帝再來的時候，著實嚇了一跳，驚歎鹽商的財力。而這之前，揚州的鹽商們為了皇帝的到來，已經用二十萬兩銀給皇帝建造了一個行宮。

一夜之間造起一個巨塔，固然說明鹽商有錢，但也透露出揚州一地可以在極短的時間裡召集到足夠的工匠。我記得M先生說過威尼斯的古代有六千個石匠。

鹽商們還把錢用到建造私人花園上。首先數量之多，當時的中國沒有一處比得上。再者，花園的精美與多功用，也是沒有一處比得上的。我在紐約大都會博物館見到過羅聘的《程氏篠園圖》，畫的就是當時大鹽商程伍橋的私人花園。這個花園據《揚州畫舫錄》的記載，僅面積就有三十多畝，其中芍藥花十多畝，梅花近十畝，荷花十多畝，從取景的名稱上推測，還種有松樹和桂花樹。

另一個大鹽商鄭俠如，他的兩個兄弟各有自己的花園，他自己的花園「休園」面積達五十多畝，除了住宅，還有四處不同用處的建築，二十四處風景建築和景別。

現在揚州市內的一些當時的花園，如「個園」，已經令我們驚歎了，而在當時竟是毫無名氣的私人小花園。

這些都記載在清代李斗著的《揚州畫舫錄》裡。「畫舫」是說當時揚州的遊船，意義相當於威尼斯河道裡的弓獨拉（Gondola）小船。

《揚州畫舫錄》描述當時的「新河」兩岸，都是著名的花園。這就要說到威尼斯，沿著大運河的兩岸，都是華麗的樓房，沒有一棟是草率的，石雕的窗戶和大門，件件都是藝術品，更不要說整個威尼斯百分之八十都是這種樓房，再加上分布密度很大的教堂和裡面的藝術品，令人不敢估量威尼斯的總價值，生怕嚇壞了自己。

不過揚州當年的富足亦有荒唐的一面。有個富商做了一些女裸體木偶，真人大小，安了機關讓它們活動，來赴宴的客人都嚇得躲避。另一個富商想知道「一擲千金」是何感覺，於是手下人去買了非常多的金箔，搬到金山塔上，逆風拋撒，江邊的樹枝草地就都是金光閃閃了。又有富商花了三千兩黃金買蘇州的小不倒翁，放到河裡，水道於是阻塞。有一個人喜歡大東西，於是造了個銅便盆，撒尿的時候要爬上去。另有人愛醜，覺得自己不醜，於是把臉弄破，再塗上醬，在太陽底下曬。

威尼斯在古代權力最大的是商人，他們組成議會，由議會推舉出「執政官」（Doge）。

據說這執政官沒有什麼權力可言，寫封私信都要議會過目，還不如《大紅燈籠高高掛》裡的姨太太，那裡的姨太太還可以出去會情人。

《大紅燈籠高高掛》在義大利賣座極好，有義大利人好時裝的原因。年初天氣正冷，義大利街上有不少穿皮大衣騎自行車的女人。我在洛杉磯碰到過買皮大衣的台灣女人，聽說台灣溫暖潮濕，皮大衣可不好保存啊。

我問過馬克為什麼威尼斯選的是「執政官」？馬克說因為威尼斯商人不要「國王」。

二日

搬到 S. Stefano 廣場邊上住，房間大而精美，但與對面的樓太靠近，陽光進來的很少。窗下是一條窄河。

很近的地方有人在拉琴，原來隔壁就是威尼斯音樂學院。

聽不到那個斜鐘樓的鐘聲了，雖然離它不會太遠。聽不到它的聲音反而很想它。

中國有個叫曹時中的工程師，是浙江大學土木系的教授。他在一九八七年說有把握將比薩（Pisa）斜塔糾正，當然所謂糾正，是將比薩斜塔恢復到一三五〇年時的斜度。完全糾正，就不是斜塔了。之後，曹時中用他自己的方法糾正了兩座古塔，一是餘杭縣明代的舒公塔，已經有四百年的歷史，傾斜一．二七米；另一個是上海的青龍塔，有一千二百多年的歷史，傾斜一．五六米。比薩斜塔傾斜四．四二米，一一七四年建，有八百多年的歷史了。

義大利塔很多，於是斜塔也多。

波隆那市中心有個斜塔，斜塔上有一塊石板，石板上刻著但丁（Dante）當年的話，說，它像一個巨人俯身向我說話。

我看到它時，它已經斷了，於是矮了。從遠處看，它好像聽到什麼事，一副驚愕的樣子。

三日

在威尼斯一個月了。

翻看前面的日記，知道二十六日起有一次頭痛。日記原來有這樣的用處，只要你記下來，它就告訴你記的是什麼。我經常發現這些簡單的真理。

鐵匠有一個徒弟，徒弟總想知道打鐵中的祕密。師傅於是對徒弟說，好好幹活吧，我死之前一定告訴你打鐵的祕密。徒弟當然知道，師傅要保守自己的祕密，就是現代稱為商業機密的那種祕密。威尼斯古代就有關於製造玻璃的商業機密，有兩個人因為把它們透露給法國人而被毒殺。

徒弟心中猜著那個祕密，隨著師傅打了許多年鐵。終於到了師傅要死的時刻了，徒弟心中著急，因為師傅還沒有告訴他那個祕密。

師傅當然記得自己的諾言，叫徒弟把耳朵湊近自己的嘴，用最後的力氣告訴他：熱鐵別摸。

我今天發現的就是這種真理。

但是我也發現那天的日記有一個簡單的疑問，就是，我究竟吃了大夫開的藥沒有？如果吃了，看來沒有作用，因為二十六日頭的左側又痛了。

大夫開過藥了，我也在吃藥期間避免晚上寫東西，一個月後，頭居然不痛了。我的頭痛了二十多年，幾乎每個星期都要不同程度地發作一次。不痛之後，我甚至想再痛一下，用來體會不痛。

但是魚與熊掌不可兼得。我必須夜裡寫東西，我習慣在夜裡寫東西，我決心下輩子改掉這個壞習慣，假如下輩子頭還痛的話。下輩子再痛，我猜應該是右邊了，左邊痛了幾十年，也該換換了。

結果是，一年以後，頭又開始痛了，還是左側。

不妨來看一看藥方裡的中藥草：

山萸肉：山茱萸的果實。茱萸這種植物很香。中國人的風俗，陰曆九月初九，重陽節，身上繫一個布袋，裡面裝茱萸，登高飲菊花酒，用以辟邪。初夏五月初五端午節，則是用艾草來辟邪。所謂辟邪，意思之一是換季時防止生季節病。

葛根：就是皮可以織「葛布」的那種葛的根，它可以鬆懈肌肉，用來治冠心病、心絞痛、高血壓很見效。若是酒吃醉了，吃它的花可以解酒。威尼斯的醉漢不妨試試，義大利的酒店也不妨賣這種花，酒一定會賣得更多。另一種粉葛的根自古就是度荒年的食物，我在雲南時，大家常上山挖來煮吃，生吃是黏的，滑溜溜的像鼻涕，煮熟了，真是鮮美。要小心的是苦葛根，將砸裂的苦葛根丟進河裡，魚就會假死，浮到水面上來，人則一片歡騰。我本來認為苦葛使魚的肌肉鬆懈，水的壓力使魚的體內循環停止，由於缺氧，魚昏迷了。其實不是，苦葛根是胃毒。所以挖葛根時要注意，葉子圓而且不分叉的是苦葛，吃會毒死，不吃又會餓死，怎麼辦？答案很簡單：吃別的。

赤芍：野生芍藥的根。大夫後來又加了白芍，白芍是人工培養芍藥的根。

川芎：就是芎窮草，中國西南各省都有，大概我老家四川的最好，所以才叫川芎吧。川芎可以用來測驗婦女是否懷孕了，方法是喝川芎熬的湯，自覺腹部微動，多半即是有胎。

沒藥：古代由阿拉伯傳入，原來是香料，唐代的貴婦加在水裡用來洗澡。後來入藥，但也許當時就做兩種用途。

白芷：我看藥鋪給我的是川白芷，沒有關係，藥性是一樣的。滇白芷的藥性就差一些，雖然都叫白芷，前者是當歸屬，後者是白芷屬。

薏仁米：也叫「回回米」，大概最初是從阿拉伯傳來的。雖然叫米，但與稻子無關。很多人用它煮粥，吃來補養身體。東漢的馬援在基督十七歲的時候領兵經海路去交趾，也就是現在的越南一帶鎮壓叛亂，因此被封為「伏波將軍」。他在交趾常吃薏仁米去濕氣，回來時，因南方的薏仁米大而且圓，就想引到北方種植，於是帶了一車回來。不料馬援死後，有人向皇帝誣告他帶了一車珍珠回來。法國的布封曾經寫過天鵝因為吃薏仁米所以長得高貴，我疑心中文譯錯了，因為蓮子稱「薏」，既然說天鵝高貴，牠極可能吃的是水中的蓮子，而不是長得很多的薏仁米。可能我錯了，也許布封時代的法國，視薏仁米為高貴食品。

丹參：它的根用來做藥，是紅色的。

白花蛇舌草：因為發現這種草藥治癌有效果，所以現在很受重視。它本來治闌尾炎很有效。

生日草：草藥類，作用？我對中藥熟，對草藥不太熟。

生黃耆：在中藥裡的地位很高，用來補氣。古代藥典裡常用讚揚的語氣談到它。黃耆可以提高人體免疫功能，中醫研究治療愛滋病的藥裡，它起很重要的作用。中國的藥膳中，用炙黃耆（也就是生黃耆拌蜜後用小火炒）六錢、冰糖六錢，放入一隻雞的肚子裡在鍋裡用小火燉，雞要去除內臟。經常吃，人會很精神，有抗衰老的作用。

白朮：浙江產的最好。

知母：北方的野地裡常見，根入藥。夏天特別熱的時候，牲口會自己找來吃用以解暑。很多動物在病痛時都會自己找一些植物吃來治自己的病痛。中國傳說神農嘗百草，成就了中藥，我猜很多藥是神農跟蹤動物才發現的。現在的新藥仍然是動物先吃，之後才給人吃。我在鄉下時有過一條狗，它被咬傷後從來都是自己跑進深山找各種草吃，一兩天傷就好了。狗甚至會自己接骨，鄉下很少看到瘸腿的狗。我曾經跟蹤過一條腿傷了的狗進山，半路上牠停下來，眼神憂傷，不肯再走，我於是知趣地回頭離開。

防風：以東北產的最好，叫「關防風」，「關」是「山海關」；內蒙古產的叫「口防風」，「口」是「張家口」，看來這些稱呼都是以華北為中心的叫法。採藥的人又分防風為「公防風」、「母防風」，「公防風」不開花不結果，根肥軟。「母防風」則開花結果，根如木柴，收購站不收。防風可以解毒，尤其可以解砒霜的毒，也就是砷中毒。

板藍根：板藍根是用菘藍草的根做的藥。菘藍草鄉下用來做成靛藍，用藍靛染布，做成衣服，穿在身上，虱子不會上身。板藍根在中國大陸氣功熱的時候脫銷，因為據說練氣功之前喝板藍根水，可以清除體內濁氣。

全蟲：就是蝎子。

地龍：就是蚯蚓。鄉下治頭痛的偏方就是吃蚯蚓。另外，鄉下女人若奶水不足，挖些蚯蚓來碾成漿塗在乳房上，可以催奶。

生牡蠣：就是牡蠣的殼磨成的粉。這種粉用小布袋包起來，放在水裡煮幾分鐘，之後才放其他的藥到水裡煎，所以生牡蠣是最常用的先煎藥。如果腎虛，中醫會建議吃蝦時連殼帶頭都吃下去，蝦的外殼與生牡蠣都含很多鈣。

中藥裡有些植物，在不同的藥方裡要做不同的處理，例如「炮製」，方法之一是將乾燥後的枝桿放在銅臼裡，用銅杵搗一搗，可以改變某些藥的藥性強度。我小的時候經常看到藥舖裡的夥計在櫃枱上一邊咚咚地炮藥，一邊與人聊天，或者看看街上來往的人。

四日

今日六四，三年了。

五日

威尼斯早上三點鐘，電視第二次播放公牛與拓荒者爭奪全美冠軍的第一場比賽，公牛的絕對優勢使這場球不好看，第四局完全是雙方的板凳隊員在打。

公牛一二二比八九贏拓荒者，籃球比賽有的時候像賭博，手氣不好，就像魔術強生說的，籃框或者像大海，或者比針尖還小。

公牛隊的喬丹真是瀟灑，素質超常，天才。同隊的皮潘亦是瀟灑，直臂高舉灌籃，萬夫莫敵，模樣長得像我在鄉下時的一個生產小隊長。

偶然看過一篇台灣的「唐諾」寫ＮＢＡ籃球，真是寫得好。讀好的籃球文章亦人生一大快事。

張藝謀到羅馬，他因為《大紅燈籠高高掛》得了義大利大衛（Davide）

電影獎。藝謀打電話到火鳥旅館，我當然已經搬走了，但傳給我的消息是有一個女人接了電話，而且懂中文！這很像是一個恐怖電影的結尾。

藝謀已經被朋友們稱為「得獎專業戶」了。

藝謀三月到洛杉磯時說拍了個《秋菊打官司》，「跟以前的拍法完全不一樣，你將來瞅瞅。」

不由得又想到揚州。《揚州畫舫錄》真是一本有意思的書，我曾經做過一些筆錄，這是一本應該買下來的書，可惜買不到。這種書其實是「毒品」，看過了還想再看。中國此類「毒品」甚多，歐洲一定也有這類「毒品」，兩個文化之間的交流，這種「毒品」翻譯介紹得最少，其實這類書閒適、生動，有人與環境的質感，最易讀通。

《揚州畫舫錄》記下了一千多齣戲的戲目，有意思的是作者記錄了當時的許多演員、演出程序、演出酬金、角色分類，甚至說到因為揚州潮濕，外來的演員會長癬疥。

其中講到一個余維琛，面黑多鬚，善飲，性情慷慨，在揚州小東門羊肉舖裡見到家鄉來的小叫化子，脫狐皮大衣相贈。

又講到一個演老婦人的演員，一隻眼是瞎的，上場用假眼，演來如真眼一般。

女演員任瑞珍，嘴大善於演哭，綽號「闊嘴」，當時的一個詩人說，見到瑞珍，一年之內都不敢以「泣」為韻做詩。

費坤元，臉上有一顆痣，痣上有幾根毛。

余紹美，麻臉，但看到她的人，均忘其醜。

余宏源，喜喝酒，飲通宵亦不醉，僅鼻頭似霜後柿。

劉亮彩，聲音像畫家筆下的枯筆，應該是我們現在說的沙嗓子。

周仲蓮在台上每次演梳頭，台下觀眾臉色大變。蔡茂根演戲，帽子欲墜，觀眾都很擔心，可帽子就是不掉。

小鄭，小時候喜歡學女人的舉止，他爸爸氣得把他丟到江裡，結果沒有死，後來跑到戲班裡演女人，又改行去販絲，最後淹死在水裡。

楊八官穿女人夏天的衣服睡覺，差點叫個和尚真當女人強姦了。

魏三兒四十歲的時候，演戲的價碼高到一千元。有一次他在揚州湖上，妓女們聽說了，都坐船來圍住他，他却神色蒼涼。

還講到樂隊。朱念一打起鼓來像撒米、下雨、撕綢布、劈竹子。有一天戲要開演了，發現鼓槌被人偷走，歎道，為什麼不偷我的手呢？

笛手莊有齡，吹奏時手指與音孔只有半粒米的距離。另一個笛手許松如嘴裡一顆牙也沒有。

有個老頭，跑到揚州城裡訂一個著名戲班的戲，領班的欺負他是個鄉下人，說我們每天一定要吃火腿，喝一種名貴的茶，一齣戲就要三百塊。不料老頭都答應了，戲班只好跟他到山裡去。飯食老頭只給火腿和茶，演出時把三百塊錢放在台子上，點了《琵琶記》。結果是每唱錯一個音，老頭子即拍界尺叱責，戲班才知道這鄉下老頭是個真懂戲的人。

另有一個叫詹政的，一個戲班來鄉下演戲不認真，忽然笙裡的簧片壞掉，發不出聲音，詹政拿過來一下就修好了，然後慢慢將戲班什麼字唱錯、什麼調子不對一項一項說出來，說得演員們出汗，恨不得鑽到地裡去。

六日

威尼斯的街巷與河道有名稱，廣場與橋亦有名稱。威尼斯人留地址，卻只有區號與門牌號，令我茫然。

第二場拓荒者贏公牛一一五比一〇四，這回輪到公牛手氣不好了。

七日

假如威尼斯的一條小巷是不通的，那麼在巷口一定沒有警告標誌。你只管走進去好了，碰壁返回來的時候不用安慰自己或生氣，因為威尼斯的每一條小巷都有性格，或者神祕，或者意料不到，比如有精美的大門或透過大門而看到一個精美的庭院。遺憾的是有些小巷去過之後再也找不到了，有時卻會無意之中又走進同一條小巷，好像重溫舊日情人。

應該為威尼斯的每一條街巷寫傳。

李斗在《揚州畫舫錄》裡為許多畫舫寫小傳，它們的樣子、名字、船主是怎樣的人。

揚州當年的畫舫，是運鹽的船發朽之後改裝的，在揚州的河道上供交通、遊覽。船上有空白的匾，遊客可題名，題了名，船就有了稱呼。許多船的名字很雅，其實不可愛，反倒是一些俗名有意思。

有一艘船因為木板太薄了，所以叫「一腳散」，另一隻情況差不多的船叫「一搠一個洞」。還有一隻船，船上有灶，從碼頭開出，灶上開始煮肉，到紅橋時肉就爛熟了，所以叫「紅橋爛」。

這樣的船差不多都是沒人題字，於是以特徵為稱呼，另一類則以船主的名字為稱呼，比如「高二划子船」、「潘寡婦大三張」、「陳三驢絲瓜架」、「王奶奶划子船」。

「何消說江船」，主人與船客說話，口頭語是「何消說」。

「葉道人雙飛燕」，划船的是個道士，四十歲開始不沾油腥，五十歲則連五穀也戒吃了，即「辟穀」。當今世界上富裕國家的人多興節食素食，因此常可看到皮膚鬆弛晦暗而神色滿意的人。葉道士在揚州的繁華河道中划船，「旁若無人」，其實這位道士不如去學佛。

「訪戴」的船主叫楊酒鬼，從早喝到中午，大醉，醉了就睡，夢中還大叫「酒來」。坐船的人自己划槳，用過的盤子碗筷亦是自己收拾，船主睡在船尾打呼嚕。不知這船錢是怎麼個收法。

「陶肉頭沒馬頭划子船」，這條船大概沒有執照，所以不能在碼頭上接客人，只好在水上接一些跳船的人。

「王家灰糞船」，長四十尺，寬五尺，平時運揚州的糞便，清明節時洗洗乾淨載人，因為那時掃墓的人多。碰到廟裡演戲，就拉戲班子的戲箱。

我去了威尼斯 S. Trovaso 教堂旁邊的一個小造船場，工棚裡有一隻正在做的弓獨拉，我心目中這種小船幾乎就是威尼斯的象徵。有關威尼斯的照片，總少不了水面上有一隻弓獨拉，一個戴草帽，草帽上繫紅綢帶的水手獨自搖槳，像一隻弓樣的船上，遊客的目光分離，四下張望。

弓獨拉原來是手工製造，船頭上安放一個金屬的標誌，造型的意思是威尼斯，船身漆得黑亮黑亮的。水手常常在船上放幾塊紅色的墊子，配上水手的白衣黑褲紅帽帶，在這種醒目簡潔的紅白黑三色組合中，遊客穿得再花俏，也只能像裁縫舖裡地上的一堆剩餘布料。威尼斯水手懂得在陽光下怎樣才能驕傲，我常常站在橋頭看這幅圖景，直到弓獨拉在水巷的盡頭消失。

這種小船其實難做，它們的身體要很巧妙地歪曲一些，於是用一隻槳正好把船划直。船舷上有一塊奇妙的「ㄚ」型木頭，槳支在上面可以自由擺動。水手上岸時，隨手將這塊木頭拔下帶走，船就好像被鎖上了，沒有它，划起來船只會轉圈子。我懷疑每塊木頭的角度很恰當地配合著每隻船的歪曲度，它們之間的關係像號碼鎖。也許這只是我的猜想。

這塊木頭的造型好像亨利．摩爾的雕塑，如果將它放大由青銅鑄成，擺在聖馬可廣場靠海的一邊，一定非常好看。

可惜威尼斯不賣這個弓獨拉的零件，否則我一定買一個，帶回去，對朋友開玩笑說，我最近做的，怎麼樣，很有想像力吧？

或者，在威尼斯租一個小店，做一些這個零件的縮小樣賣，各種質料的。用一根皮繩穿起一個，掛在脖子上，多好的項鍊。結果呢？結果當然是我破產了，老老實實回到桌子邊上敲鍵盤，因為威尼斯的標誌是一隻獅子，背上長著一對翅膀，於是能戰勝海洋，守護威尼斯。

弓獨拉的槳其實就是翅膀。威尼斯的造船和航海，使威尼斯有過將近七百年的海上霸業，這當中會有多少有意思的事？

蘇州與威尼斯結為姐妹城市，也許有這方面的道理。兩千多年前，西楚霸王項羽帶著八千子弟兵打進咸陽，結束了秦始皇建立的中國第一個統一帝國。歷史學家顧頡剛說這八千子弟兵是蘇州人。而在戰國時代，以蘇州為首都的吳國，敗楚、齊兩大強國，又代晉稱霸，四強中只有秦遠在西方，才沒有叫吳收拾了。這樣的霸業，是靠了吳國興水利，糧草不缺，另外就是吳國鑄造的兵器是當時最精良的，一九八六年中國湖北出土的一把吳王夫差劍，歷兩千多年仍然鋒利逼人，沒有銹蝕。

第三場公牛贏拓荒者九四比八四。

八日

到猶太人居住區，遊蕩了半個小時，竟沒有看到一個人。樓房的牆都是黃色的。走出這個區的時候，有幾個遊客在巷口探視，看到一個東方人從裡面出來，沒有提著相機，不像遊客，於是滿臉疑惑。

猶太人從十五世紀就開始進入中國了，後來有兩支留在中原，一支留在河南，一支留在江蘇揚州。開封的一支明朝時自稱「一賜樂業教」，就是「以色列」教，也就是猶太教。他們的後裔差不多都漢化了，還有部分猶太人入了伊斯蘭教，漢人稱這一部分人為「籃帽回回」。明朝萬曆年間有一個叫 Ai Tien 的中國人求見傳教士利瑪竇，自稱是猶太人，還記得一些希伯來文，但是因為忙於明朝的科舉，沒有時間看猶太教的經了。

十九世紀有一批巴格達、孟買、開羅的猶太人到上海，稱為Sephardi 猶太人，當時有三個猶太人在上海很有名，例如沙遜（Eliss David Sasson），是個瘸子，一八四四年到上海做地產生意，上海人稱「蹺腳沙遜」。一九二〇年他的孫子接班，一九二七年從孟買一次匯入上海八千五百萬美金，建成「沙遜大廈」，如今還在，改名叫「和平飯店」。

一九一七年俄國十月革命後，有大約一千左右的俄國猶太人到上海。一九三八年以後，歐洲猶太人開始逃向上海，第一批一萬八千人從德國、奧地利和波蘭來，第二批四千六百人從波蘭、立陶宛、巴爾幹地區來。一九四五年，占領上海的日本人建成毒氣室，還沒來得及用，第二次世界大戰結束了，於是猶太人開始向加拿大、澳大利亞、以色列移居，直到一九四九年初，上海還有十六萬五千個猶太人，一九五三年剩下不到五百人，一九五九年只有一百人，一九八一年上海的最後一個猶太人去世，將近一個半世紀的猶太人移民中國史結束。

九日

世英與她丈夫從柏林來威尼斯玩。世英由香港《亞洲周刊》派到柏林常駐，我沒有看到過《亞洲周刊》登過關於歐洲的報導，因此頗奇怪為什麼世英要常駐柏林。但世界上我不知道的事太多，不去管它。

世英在柏林中規中矩學騎馬，講起來很興奮。我却有些厭騎馬，二十年前在內蒙，天天要騎沒有鞍子的馬，久了就厭煩了。你每天如果打八小時字，你對打字有什麼良好或興奮的感覺？你如果每天必須開車才能上班，你對開車有什麼感覺？你能感覺平淡已經很不錯了。

十日

在一座橋邊看到牆上的一塊石牌上刻著莫札特曾在此住過，可後來不知道為什麼找不到那座橋了。

十一日

公牛第四場以八八比九三輸給拓荒者。看完轉播後，已經快晚上十一點了，急忙去趕十一點半去羅馬的火車。到車站門口正好十一點半，以為車開了，抬頭看見時刻表上顯示威尼斯到羅馬的火車改為十一點三十五分開，有些得意，於是慢慢走進去。

在車上發現有電源插頭，大喜，於是打開電腦寫起來。

寫了一個多小時，忽然電腦發出警告聲，原來插頭裡並沒有電，這一個多小時用的是電腦裡的電池。

十二日

早上八點半到羅馬。Francesco Sisci 已經在車站等了兩個小時，我覺得很過意不去。Sisci 的太太懷孕了，他們最近又搬家，牆壁要粉刷，東西要整理，不過房間比原來多而且大。義大利的住房問題很嚴重，我年初的時候在羅馬就碰到一次關於住房的集會遊行。

與Sisci等米蘭的I出版社的Cataluccio 先生，之後去 Santa Maria in Trastevere 廣場邊上吃早點。走近廣場的時候，一個乞丐過來伸著手說，女人最悲慘的一是懷孕，二是搬家，我老婆這兩樣都趕上了。Sisci 說，我老婆這兩樣也趕上了，乞丐於是走開。

和 Cataluccio 談兩本書的出版，其中一本我很感興趣，就是如果我對哪部歐洲古典文學作品感興趣，並且願意寫一篇序，出版社就再版選定的這本書。我腦子裡一下湧出很多書，却又選不定。文化一久，好東西就多。

十點又趕到《君子》（*Esquire*）雜誌社去，Sisci 在那裡做編輯。義大利文版的《君子》打算九月改革內容，商量好為他們寫一篇有關中國電影的文字。

下午到米塔家，又碰到來洗衣服的胖女人，還有她的女兒。她們長得很有特點，可以做義大利喜劇電影裡的演員。

安德雷也在家，商量吃餃子，於是到街上去買菜，不料去很多店，都沒有豬肉賣，問了，回答是義大利夏天不賣豬肉。

只好買牛肉。又買了豆腐，晚上做麻婆豆腐。安德雷很愛吃麻婆豆腐，可以空口吃，而且把汁也喝下去，簡直就是個川娃兒。

餃子決定明天再做，請 Alessandro Sermoneta 和 Simona Paggi 兩口子一起來吃。他們兩口子都參加了今年得義大利大衛獎的《小偷》（*Il Ladro di Bambini*）的製作，Alessandro參加編劇，Simona做剪接，得了剪接獎。

十三日

本來早上三點轉播第五場公牛與拓荒者的比賽，安德雷也沒有付體育頻道費，所以決定看晚上九點的重播。公牛贏拓荒者一一九比一〇六。

Alessandro 夫婦來，大家吃得很痛快。Alessandro 說他每次去飯館，只能吃到四個一份的餃子，於是有一個夢，就是哪天可以痛快地吃一頓餃子。我於是答應他只要到羅馬來，就請他們兩口子吃一頓餃子。

十四日

與米塔去看《小偷》。路上看到旁邊的公園裡有許多老頭在打地球，遠處大概是他們的老伴兒，聚在一起指手劃腳聊天。男人和女人的興趣永遠不一樣。站在那裡看了很久，我不知道為什麼總是喜歡看日常生活。

《小偷》拍得非常好，我總是感覺義大利人和法國人好像天生就會用電影說話。好的電影，看完之後，總是覺得學到了很多東西，一時又說不出學到了什麼。

十五日

早上一點，安德雷與 Alessandro 聯繫好去他們家看籃球決賽，Alessandro 警告我們不要大聲叫，之後兩口子去睡覺。Simona 很高興地給我看她得的獎杯。

Alessandro 兩口子養了一隻白貓，不睡覺，抓門，竄來竄去，努力分散我們對籃球的注意。可憐的貓，你不知道今天是決賽呀！

公牛贏拓荒者九七比九三，取得冠軍。快四點了，和安德雷走回家去，米塔大概做了好幾隻夢了。

中午與《共和國報》編輯吃午飯，飯館的壁櫥裡擺著許多古舊的瓶子，其中有一隻小綠瓶非常可愛，燒製時候在瓶子當中夾過一下，看到它就好像聽到「喲」的一聲。安德雷說他小時候喝汽水就是用這種瓶子，現在沒有了。現在的工業品中找不到這種手工情趣了。

下午和米塔去理論出版社談中國當代短篇小說選和我的下一本小說的事。我想以中國世俗精神為線索編這本小說選。中國小說古來就是跟著世俗走的，包括現在認為地位最高的《紅樓夢》，也是世俗小說。小的時候，院子裡的婦女們沒事時會聚到一起，一個識字的人唸，大家聽和插嘴，所以常常停下來，我還記得有人說林姑娘就是命苦，可是這樣的人也是娶不得，老是話裡藏針，三百六十五天可怎麼過？我長大後發現「知識份子」都欣賞林黛玉。

中國小說在五四以後被拔得很高，用來改造「國民性」，性質轉成反世俗，變得太有為。八十年代末，中國大陸的小說開始回返世俗。這大概是命運？「性格即命運」，中國小說的性格是世俗。當今最紅的王朔，寫的就是切近的世俗，嘻笑嗔罵，皆踴動鮮活，受歡迎是當然的，遺憾他沒有短篇小說。

電視報導芝加哥市在公牛贏得冠軍後狂歡引發暴動，警方拘捕三百人。

喬丹在電視上勸民眾勿躁。

十六日

晚上與Sisci 和漫畫家 Carpenteri 在一個小館子的街邊吃披薩。我嗜漫畫，年初在羅馬搜購了不少漫畫集漫畫雜誌，其中就有 Carpenteri的。我亦收有法國的，美國的，台灣的CoCo、老瓊、朱德庸，老瓊原來是女性。

有的時候我一整天都在看漫畫。我還記得小學二年級的時候，在課桌底下看德國卜勞恩的漫畫《父與子》，被一臉殺氣的女老師沒收。我猜她一定拿回家去看了，一直沒有還給我《父與子》，不還就不還吧，臉上的殺氣總該化解一點吧？

一九八四年我買到再版的《父與子》，翻來覆去看了一個月，終於將童年洗乾淨。

Carpenteri 開車帶我們去他的工作室，他在畫大畫，準備一個展覽，桌上放了一些從前的漫畫原稿，極其精緻，居然送了一張給Sisci！不過他們是老朋友。

夜已深了，又到Carpenteri的家去，義大利人是越晚越有精神，與我不謀而合。路上在西瓜攤上買了一只巨大的西瓜，到了家裡，擺開桌子，準備痛聊，將西瓜切好，剛吃了三、四口，突然停電，於是在朦朧的月光下把西瓜吃完。

十七日

在羅馬遊蕩。下午開車去羅馬西南遠方一個古羅馬時代的 Ostia Anticha 遺址。

這個地方非常像北京的圓明園，處在麥田的包圍中。這裡原來是靠海的港口城市，地上有很多黑白石子鑲嵌的畫，應該是當時各個航海公司的招牌或廣告。

安德雷一直在感歎古時候的人會生活。陽光和新鮮的空氣、樸素壯觀的屋舍、露天劇院、公共浴場，我同意安德雷說的。

走到麥田裡，用手搓開麥粒，漿已經灌飽，再有幾天，就可以「開鐮」了。

遠處傳來雷聲。

麥田裡雜有鮮紅的罌粟花，看久了，閉上眼睛，有許多綠色的斑點在眼前。

米塔和安德雷在路邊採了許多芝麻菜，用這種野菜做沙拉，吃起來苦，之後變辣，有些麻，容易上癮。

Einaudi 出版社發電傳來，請任選「困惑」或「曖昧」為題寫一本四十頁的書。我選「曖昧」。生活是種過程，感受每一分每一秒，實實在在，直到離開這個世界。

「子在川上曰：逝者如斯夫，不舍晝夜。」歷代學者都在解釋孔子的這句話，以為大有深意。我看沒有，非常樸素，一種直觀的感歎。

所以，「季文子三思而後行。子聞之，曰：再，斯可矣。」確實，想兩次足夠了。

「子曰：吾十有五而志於學，三十而立，四十而不惑，五十而知天命，六十而耳順，七十而從心所欲，不逾矩。」

最高境界即隨便怎麼做，其實都在規律裡面。孔子以後的儒們討厭在

「不逾矩」，又不能從心所欲，於是偷著逾矩，是為偽。

晚上十一點的火車回威尼斯。

十八日

早上六點半到威尼斯的陸地部分Mestre，之後坐通勤火車到威尼斯。去舖子裡問有沒有豬肉賣，「沒有。」

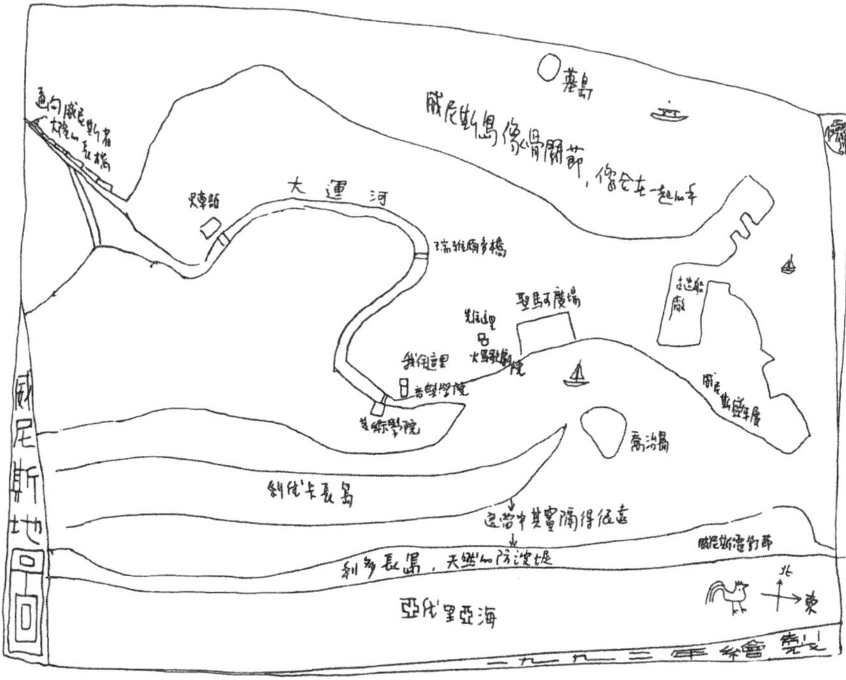

威尼斯地圖
通向威尼斯大陸的長橋
火車站
大運河
瑞雅爾多橋
墓島
威尼斯島像個關節，像合在一起的手
造船廠
聖馬可廣場
先住這裡
我住這裡
火鳳凰劇院
音樂學院
美術學院
威尼斯雙年展
喬治島
利多長島
這當中其實隔得很遠
利多長島，天然的防波堤
威尼斯電影節
亞得里亞海
北
東
一九九二年繪製

手繪：阿城

十九日

與製片人 Roberto Cicutto 先生聯繫好，明天到北部山上去看奧米（Ermanno Olmi）先生。

奧米正在山上拍一部新電影。年初的時候奧米邀請我和米塔去過一次，那時他還在選景，山上的雪很厚，奧米滑了一跤，六十歲的人，哈哈大笑。

我只看過奧米的第一部電影《*I fidanzat*》和他一九七八年獲得坎城影展獎的《木鞋樹》（*L'aldreo degli zoccoli*）（一九七八年我還在鄉下打赤腳，那裡不做木鞋，其實在鄉下砍了十年樹，真應該做些木鞋，也算對得起那些樹）。

我非常喜歡《木鞋樹》，而奧米在他的第一部電影中就是成熟的了。《木鞋樹》的攝影非常樸素，是凝視。中國電影裡只有台灣侯孝賢的電影是這樣的，大陸的電影攝影總有一種攝影腔。我特別記得問奧米《木鞋樹》的攝影是誰，奧米的臉一下紅了，說，是我。

二十日

Cicutto 先生早上從法國到威尼斯來。我和馬克去機場與他會合，之後開車上山去。

與 Cicutto 先生講起我在威尼斯住的地方，Cicutto 先生說他小時候就住在那裡，經常在 S. Stefano 廣場踢球。威尼斯的廣場和小巷經常有孩子踢球，所以我認為威尼斯窗上的鐵欄杆不是防賊的，是防球的。

下午到山裡。森林的小路上遠遠過來一輛拉木頭的拖拉機，有兩個老頭兒跟在後面，這是電影當中的一個鏡頭。

奧米在樹林裡。

奧米說，電影還沒有開拍，但是今天因有些病樹要砍，於是趁機拍其中的一個鏡頭。在這個鏡頭的結尾，需要開始下雪，於是用紙做一點假雪，等冬天再拍大雪紛飛，接在一起。

奧米說，剛才過去的那個拖拉機，是一九一八年的，電影裡故事發生在第一次世界大戰。

樹林裡飛著無數的小蟲子，奧米一邊說，一邊揮手趕開牠們。助手們在用紙做雪花，效果不理想，我有這方面的經驗，於是自告奮勇。讓紙屑飄落的辦法是先要抻鬆整張紙，然後再輕輕拉成小片，這樣的紙屑可以透過一些空氣，會像真的雪那樣飄，而不是垂直落下。

我撕好紙，助手拿去鏡頭前抖落下來，成功了，奧米非常高興，我亦高興。

晚上吃飯前，旅館所在的奧龍佐（Auronzo）市的市長Pietro De Florian先生跑來，要給我配眼鏡。原來年初我來的時候，奧米聽說我在找有彈性的軟眼鏡腿，於是記住了，這次來，奧米請市長幫忙，市長先生有一個眼鏡店。市長沒有薪水，中國人大概是不要做這「官」的。

奧龍佐市大概相當於中國一個鎮的大小，依山傍水，隨意而精緻。

我的鼻子是蒙古人種的鼻子，鼻梁低，要想讓眼鏡固定在鼻子上，只得靠有彈性的軟眼鏡腿扯住耳朵，但是這種眼鏡腿已經很難配到了，二次大戰以前流行這種眼鏡腿。歐洲人的鼻子高，因此眼鏡可以很容易就架在鼻梁上，甚至有一種夾在鼻子的上眼鏡，完全用不著眼鏡腿。我認為歐洲人的鼻子是為了戴眼鏡而事先長好的。

奧米和這個地區的人很熟。

二十一日

早上和馬克在小鎮上遊逛。此地風景好得像假的。一個荒廢的小樓的牆上有二次大戰時墨索里尼的語錄：義大利有悠久的文化，因此義大利在這個世界上有權力。半個世紀前的墨跡，斑駁得像中國文化大革命時的毛澤東語錄。

與 Cicutto 先生談〈樹王〉的電影合同。奧米和 Cicutto 先生希望將〈樹王〉拍成電影，我則認為不適合拍成電影，如果要拍，也需改動很大，幾乎變成另外一個故事。你怎麼砍那麼多樹，然後再燒掉呢？奧米說當然不能，但是有辦法。

今天有宗教活動，神父領著長長的一隊人在街上遊行，教堂的鐘聲響徹山谷。

再見到奧米的時候，我提到《木鞋樹》裡的教堂鐘聲。奧米在陽光下眯起眼睛，說以前教堂的鐘聲就是現在的電視，鐘聲是一種語言，農民可以在鐘聲裡聽出天氣預報，村裡誰死了，誰結婚了，火警也靠鐘聲來傳達。這種語言現在失傳了。

我突然記起布紐爾在他的自傳《*My Last Breath*》裡也提到過西班牙鄉下教堂的鐘聲，同樣是奧米說的作用。兩個導演，都提到鐘聲。

奧米帶我們去因為高寒缺水不長樹木的山頂，那裡可以看到奧地利。山頂有第二次世界大戰時軍隊挖的山洞，海明威曾在這裡的軍隊中，他是在這裡中的砲彈吧？

Cicutto 先生去羅馬，我們則隨他回到威尼斯機場。

晚上劉索拉從倫敦來電話，她九月去參加美國愛荷華大學的國際寫作計畫。

二十二日

威尼斯除了大運河，還有一百七十七條窄河道和兩千三百條更窄的水巷，跨越這些水面的是四百二十八座大大小小的橋。

威尼斯不是數字，是個實實在在的豪華迷宮。

二十三日

晚上張淮立從巴黎來電話，說他在改繪畫的路子。淮立賣畫用「毛栗子」，是他的綽號，小時候一顆頭長得像毛栗子。六十年代末他畫毛澤東像很有名，在他老人家臉上用些冷色，拿過一幅給我看。當年畫毛澤東像只能用暖色，搞得老人家像個沒人敢吃的龍蝦。一九七九年我介紹他參加「星星美展」，後來他放棄畫了多年而熟練的大筆觸「蘇聯風景」，改「照像寫實」，畫門，畫牆，畫水泥地，畫到現在，一直賣得很好，生活「中康」，衣食住行都有個樣子了。

我喜歡的照像寫實的中國畫家是在紐約的夏陽，純粹，飽滿。去年在他家裡看他改變畫風的新作，令人震驚，純粹，飽滿，響亮。

夏陽的打油詩是一流的，比如這首：

窗外雨打無芭蕉
小鳥欲唱缺枝梢
飯罷閒坐全無事
忽放一屁驚睡貓

他家牆上有許多打油詩。夏陽住蘇荷，因為租金是多年前的，所以雖然蘇荷現在變為時髦的貴地段，却還住得起。蘇荷可以說沒有樹，所以「小鳥欲唱缺枝梢」。

二十四日

與 Luigi 和喬萬娜坐下午六點半的火車去維琴察（Vicenza），他們各自的父母住在那裡。之後，明天開車去克雷莫納。

喬萬娜看一本關於文物修復技術的書，她正在威尼斯大學修這個專業。我認為文物修復專業在義大利是鐵飯碗，義大利沒有一天不在維護他們的文化遺產。一條街從東頭維護到西頭，維護到了西頭，東頭又該維護了。

車過了帕多瓦（Padova），很快就到了維琴察。這是一個有舊日城牆的安靜小城。在車站等公共汽車的時候，起風了，帶來遠處雨的味道。

Luigi 的母親在家，高興中有驚奇，說爸爸去車站接你去啦。原來我們今天坐的不是往常 Luigi 回家坐的那班火車。

父親回來了，他有一個很大的鼻子。晚飯是簡單的西紅柿麵，燈罩下坐了一家三口人加上我，喬萬娜在她母親家。餐巾乾淨得我不忍用來擦嘴，

Luigi的爸爸把手攤開，說，這個東西就是拿來用的。

只有當父親的一個人在喝酒，有人來，當父親的就到門廳去，於是兩個人的聲音飛快地混在一起。Luigi說他父親從工廠退休了，大概是商量明天在教堂的什麼活動，但與宗教無關。

晚上Luigi開了他爸爸的車，接了喬萬娜，我們到山上的教堂前看這個城市。紅屋頂們剛被雨洗過，暮色潮濕。

街燈裡，古老的宮殿和教堂周圍行人稀少，Luigi忽然說每次回來都是在父母那裡，很久沒有看到朋友了，今天下雨，恐怕在街上還是遇不到朋友。人世就是這樣，會靜靜地突然想到忽略了極熟的東西。我有一個朋友一天忽然說，好久沒有吃醋了，當即到小鋪裡買了一瓶山西老陳醋，坐在街邊喝，喝得眼淚流出來。

不過Luigi和喬萬娜還是在冰淇淋店遇到了他們的朋友。

夜裡，我和Luigi睡在他和哥哥小時候的房間裡。我寫了一段時候，回頭看到他已經在另外的床上睡著了。明天還有兩百多公里的路，於是也睡下了。

二十五日

一早起來，接了喬萬娜，三個人上路。

在高速公路上沿波河平原向西，兩邊是麥田，馬上就要收麥了。還有葡萄園、果園，果園旁邊立著簡單的招牌，寫著零售價錢。波河時遠時近，河水像橄欖油，靜靜地向東南流去，注入亞德里亞海。

義大利的北方很像中國的華北，連麥田裡的槐樹都像，白濛濛的暑熱也像，北面的阿爾卑斯山餘脈幾乎就是燕山。波河平原和丘陵上散落著村鎮，村鎮裡都有教堂。河北的霸縣、靜海一直到山東，也是這樣，常常可以看見教堂。

兩個小時，已經到了克雷莫納城。我年初到這裡在斯台方諾先生（Stefano Conia）的工作坊裡訂了一把阿瑪蒂型的琴。

我喜歡阿瑪蒂型的琴，因為它的造型古典味道更濃，底板面板凸出像古典繪畫中女人的小腹，琴肩圓，小而豐滿，音量不大但是純靜無火氣。瓜納利（Guarnerius）、斯特拉地瓦利（Stradivari）型的琴的聲音都有暴力傾向，現代的演奏基本上使用斯特拉地瓦利型的琴，配用鋼弦，我們聽慣了，只覺得它們音量大、響亮。耳朵習慣了暴力，反而對溫和的音色會莫名其妙。從浪漫主義時期開始，音樂中的暴力傾向越來越重。據蕭邦同時代的人說，蕭邦彈琴的最大音量，是中強（mf），而我們現在從演奏會得來的印象則蕭邦是在大聲說話。

就像大機器工業的興起，使手工業衰落，一般人知覺越來越麻木，越來越需要刺激的量，對於質地反而隔膜了。辣椒會越吃越要更辣的，「辣」變成了意義，辣椒不重要了，於是才會崇拜「合成」物。

但是我們情感中的最基本的要素，並沒有增加，似乎也沒減少，就像樓可以蓋得越來越高，人的身體卻沒有成比例地增加。衣服的料子越來越工業化，人的肉身卻還沒有機器能夠生產，還需要靠一路過來的「手工業」，氣喘吁吁，大汗淋漓。

斯台方諾先生拿出手工製造的阿瑪蒂，有一種奇異的木質香味。

我年初特意到克雷莫納來，有朝聖的意思。這個小城我一直記在心中，沒有想到會真地在這個小城裡遊蕩。克雷莫納的早晨很安靜，鐘聲洪亮，一隻狗沒有聲音地跑過廣場，一個男人穿過廣場的時候用手扶了一下帽子。小城裡還有一個令人驚奇的漫畫圖書館，圖書館的廁所裡，有一個白瓷盆嵌在地裡，供蹲下來使用。

市政府在廣場邊上古老的宮殿裡，裡面有一間屋子藏著五把國寶級的小提琴，那天我聽了一位先生拉那把一七一五年名字叫「克雷莫納人」的斯特拉地瓦利琴，這把琴曾屬於過匈牙利提琴大師約瑟夫．約阿希姆。我聽的時候腦子裡一片……如果現在有人引你到一間屋子裡，突然發現列奧納多．達．芬奇正在裡面畫畫，你的感覺怎樣？

和朋友在小城裡轉，走到斯台方諾的作坊裡來。作坊附近的一座樓的牆上，寫著令人生疑的「斯特拉地瓦利故居」。說實在，那座樓式樣很新，也許是翻蓋的。

我很喜歡斯台方諾的小舖子，三張厚木工作枱，牆上掛滿工具和夾具，房沿下吊著上好漆的琴。斯台方諾先生還在提琴學院教課沒回來，他的兒子俯在工作枱上做一把琴，說他就要服兵役去了。門口掛著一條中國學生送的字「心靜自然涼」，多謝不是「難得糊塗」。

斯台方諾先生把琴給我裝好，又請我們到小街對面的店裡喝咖啡，我當然要的是茶。

我問他兒子去當兵了嗎？他說去了。

我和 Luigi、喬萬娜在館子裡吃過披薩，開車回維琴察。

Luigi 會突然地唱歌，他會唱很多歌。他也是突然問我去喬萬娜鄉下的家好不好，我說好啊。

於是在接近維琴察時下高速公路折向北面山上。

山很高，但也許是雲太低了，最後幾乎是在雲霧裡走，開始下雨。

喬萬娜家的村子Fochesati只有四戶人家，喬萬娜的媽媽星期天從維琴察回到這裡來侍弄一下地裡種的東西。我和Luigi從外面抱回木柴，在壁爐裡生火。我的生火技術很好，如果沒有火柴，照樣可以把火生起來，我在雲南學會了鑽木取火一類的方法。

這個家是一個非常小的三層樓，樓上有高高的雙人床，床搞得這麼高大概是為了在床下放東西。地板年代久遠，踩上去嘎嘎響。剝了皮的細樹枝做樓梯的扶手。

火在壁爐裡燒得很旺，於是商議晚上吃什麼，之後去山坡下收來一些土豆，又去山坡上摘來各種青菜。回來的時候，村子裡來了一輛貨郎車，賣些油鹽零食。

隔壁的老頭過來，坐在凳子上開始閒聊，問我是中國人嗎？我很驚奇他怎麼會分辨出東方人的不同血統。

老頭子二次大戰之後因為義大利沒有工作機會，去比利時做礦工，苦，累，老頭子攥起拳頭說，那時我年輕，有力氣。終於回來，又去了法國，仍然是苦，累，老頭子還是有力氣。最後回來了，種地，退休，義大利的農民有退休金，問題來了，老頭子到外國去做工的時間不能算成義大利的。老頭子說，於是我只能算二十七年的工齡，退休金少了。

老頭子抱怨老婆子要他幹活，我不去，我幹了一輩子了，我幹不動了。老頭子在暮色中堅決地抱怨著。喬萬娜走來走去忙著，Luigi說，老頭子平常很少找得到人和他聊天。

飯做好了，土豆非常新鮮，新鮮得好像自己的嘴不乾淨。喬萬娜忽然說到她的大舅是傳教士、建築師，以前在中國，一九四九年以後被中國政府投入監獄，五二年死在監獄裡，因此喬萬娜的媽媽不喜歡毛澤東。我問喬萬娜你的舅舅寄信回來過嗎？喬萬娜不知道。Luigi說出家人與家裡沒有聯繫了。

天主教傳教士十六世紀進入中國以後，到一九四九年已有四百多年了。從利瑪竇和羅明堅（Michael Ruggieri）開始，四百年間的傳教士不知道寫給梵蒂岡教廷多少信，這些信裡包含了多少中國古代、近代、當代的消息！我因為要寫湯若望的電影劇本，讀了不少這類東西，好像在重新發現中國。

我們離開這個小村子回維琴察，車開下平原經過 Montecchio 時，暮色中遠處兩座離得很近的山上各有一座古堡，Luigi 說，一座是羅蜜歐家族的，一座是茱麗葉家族的，都這麼傳說啦。

深夜回到威尼斯，看著船尾模糊的浪花，忽然對自己說，一個是羅蜜歐的家，一個是茱麗葉的家。

七月

瑞雅爾多橋下的一條船上，有個老人唱歌，一曲才歇，橋上和兩岸掌聲雷動，總有幾千人吧，小船却獨自沿運河向南漂去了。

七月一日

下午兩點與馬克坐火車去 Udine 會 Nonino 太太，周先生的學校正好放假，於是邀他一起去走一走。

Nonino太太開車帶我們到 Udine 附近的 Percoto，Nonino 家族與製酒都在這個鎮上。

造酒坊沒有人，葡萄還在地裡，收上葡萄以後，Nonino 家就要開始忙了。造酒坊與 Nonino 家二女兒女婿的居處是連在一起的，居處是原來的穀倉，女婿 Luca 是建築設計師，將穀倉的上層改作工作室。Nonino 太太在底下一叫，Luca 惺忪著眼睛探出頭來，接著就笑了。

於是先到上面的工作室，屋頂開了一個天窗，光線瀉下，工作枱被照得亮而柔和。一面牆是落地玻璃，可以看到酒坊裡釀酒的機器，另外兩面牆是巨大的手工製書架，與穀倉裸露的屋頂很協調，擺滿了上千冊書。

我非常喜歡這個工作室，巨大，古老，實用，與人近。不同的時代，不同的質感，融合在一起。義大利是天然的後現代，它有無處不在的遺產，義大利人非常懂得器物之美。

美國的美，在於未開發的元氣。

二女兒說，釀酒時節忙起來，爸爸會在酒坊裡喚她，因為融在一起，無處可躲。

Luca 有許多精美的西藏唐卡，還有台灣的宣紙和大陸的溫州皮紙。

Nonino 太太請我們出去吃晚飯，Nonino 先生還在忙，不能去，二女兒要準備大學裡明天的法文考試，於是 Luca 在家陪她。

大女兒和三女兒與我們一起吃飯，飯店在很遠的一個村子邊上，房屋古老，空氣新鮮，新鮮得好像第一次知道有空氣這種東西。

二日

Nonino 夫婦開車帶我們去與斯洛維尼亞國界臨近的小城 Cividale dal Friuli，城裡每年舉辦東歐藝術節。街上賣一種提包，上面印著很大的一個 K，原來是捷克作家卡夫卡的名首字母。

小城在一條河的兩岸，河邊有巨石，岸邊是古木森林，Nonino 先生說，每年都要在這河邊演但丁的《神曲》。

我對但丁《神曲》的場景印象來自法國畫家G. Dore 為《神曲》繪的插圖，這條河則令我對《神曲》心領神會。

中午回到 Percoto，在酒廠倉庫旁的 Nonino 夫婦家吃飯。餐廳裡有四扇中國屏風畫，畫的是中國的八仙祝壽，按規格應該是八幅，不知是誰畫的。從女人的眉型看，應是清代的作品，畫得真是好，博物館級的藏品。八仙是給西王母祝壽，大概當年是給哪位老太太過壽的禮品。我們就在這四張畫前吃飯。

酒廠倉庫非常大，幾個工人在這裡包裝 Nonino 牌的烈性葡萄酒。酒瓶是斯洛維尼亞手工製造，設計得類似中古煉金術的玻璃器皿，其中一種酒瓶上有一顆彩色玻璃珠，玻璃珠是從威尼斯訂做來的。

Nonino 酒是歐洲上品烈酒，價格驚人。可惜我因為偏頭痛，戒酒了。

年初在這間倉庫裡發獎，來了大概有一千多人，廚師從巴黎請來，發獎之後是來賓跳舞。一個人問我，這裡有ＦＩＡＴ的總裁，有工人，有農民，有藝術家，為什麼他們會在一起，而且快樂？我本想說他們為什麼不可以在一起而且快樂，但是我說，你們有共同的歌和舞呀。

我喜歡這樣的發獎，在一個小鎮，葡萄收了，酒做好了，大家狂歡。古時希臘的獎，想來亦是如斯意思。獎若是狂歡的藉口，反而有貴氣。

我來再訪，亦是有這種喜歡在裡面，有人有家可訪。

下午 Luca 開車送我們去車站，是另外一個小城的車站。路上Luca拐了一下，帶我們去 Palmanova 城的軍官俱樂部，Luca 當年從米蘭到這裡服兵役，就是在這個俱樂部認識 Nonino 家的二女兒。中午，俱樂部裡沒有軍人，很安靜，我在猜測兩個年輕人是在哪個角落見的第一面，卻看到牆上有一張要塞的古地圖，原來Palmanova是歷來兵家必爭之地。

經過 Aquileia 城，有座古教堂，高大，樸素，旁邊有個小吧，幾個老頭在打牌。畫家常要畫打牌的人，打牌的人像靜物，又有一種活潑的慵懶。

Luca 送我們到車站，等車來。我們上了車，Luca 等在下面。

車開了，Luca 招手告別，威尼斯省的一個小城的一分鐘小站，下午陽光裡 Luca 的灰眼睛，青下巴。

回到威尼斯，天色尚明，船在大運河裡走，兩岸是古老華麗布景般的樓宇，Rialto橋上已經開燈了，黃色的光。

學院橋也開燈了。

遠處教堂的尖頂貼有夕陽餘暉。餘暉中有鴿子滑過，鳥跡斑斑。

穿過小方場，在光滑小巷中走。掏出鑰匙開街門，院中水井靜靜立著。一隻貓站下來私家偵探般研究我。

穿過幽暗的走廊，辨認鑰匙，聲音像在數銀幣，開房門，兩道房門。

屋裡暗沉沉，只有玻璃窗泛著灰色。開燈，桌子、椅子、床，同時浮現出來，看著我，好像說，這兩天又去哪兒瘋了？坐到桌前，啟動電腦，「嘟」，屏幕亮了，日記浮現。

河巷裡傳來手風琴的長音，男人的歌聲馬上要開始了。

※※※

再見Ciao！

就要離開威尼斯了，瑞雅爾多橋下的一條船上，有個老人唱歌，高音，面容像極了列奧納多．達．芬奇的自畫像，一曲才歇，橋上和兩岸掌聲雷動，總有幾千人吧，小船卻獨自沿運河向南漂去了。

附錄

附錄一

也說阿城

口述—侯孝賢　記錄—新經典編輯部

（編按）以〈棋王〉、〈樹王〉、〈孩子王〉震撼華人世界，光靠這三篇短篇就站穩二十世紀華文文壇不動地位、成為中國文壇傳奇人物的阿城，究竟是怎麼樣的人？無數傳奇的說法被冠在阿城身上：「作家中的作家」、「最會用動詞的華人作家」。作家毛尖寫過，上海某作家聽說阿城要來，伸手便要扶牆，因為想到要見阿城，站都站不穩。另有人說：「我以為北京這地方每幾十年就要有一個人成精，這幾十年養成精的就是阿城。我是極其仰慕其人，若是下令，全國每人都必須追星，我就追阿城。」這位嚷著要追星的是另一顆文壇超級巨星：王朔。

在臺灣，親身體驗過阿城說故事魅力的人不少，癡迷阿城文字言說魅力的創作人甚多。但我們特別邀請與阿城合作多次，亦是華人文化界重量級人物的侯孝賢，以最單純的方式為讀者說說阿城，這兩位創作者不但多次合作，平日裡更是長年相互信賴的朋友，從侯導的眼光看阿城的不凡，更能看得清楚、看出實質。

像是我們問到《威尼斯日記》的寫法很特別，阿城以三個月六十篇日記的寫法看這個全世界最知名的觀光古城，寫得這麼素淨，侯導有什麼看法？侯導馬上說：他要寫給義大利人看啊，怎麼會需要觀光客那種大驚小怪，他就是要對照出中國給他們看。

透徹的人情世故，樣樣看出實趣。侯導是這樣，阿城也是這樣。粗看是常識，細看很珍貴。

而阿城自己說：《威尼斯日記》是一本沒用的書。但他接著說：沒用的書往往比有用的書好看。

八〇年代初見面

第一次見到阿城，應該是一九八六年，那一年我剛剛拍完《青梅竹馬》，舒琪邀我跟柯一正兩個人到香港演《老娘夠騷》，我演葉德嫻的男朋友。結果我因為沒有申請工作證，演半天不能入鏡。又再回香港一趟，某天拍夜戲時，舒琪找方育平帶了阿城來，我們第一次見面。

當時阿城的小說《棋王樹王孩子王》在臺灣已經造成轟動，還沒正式出版，但我已經看到盜版，那些故事讀起來像是全新的小說，它跟以前我讀的中國作家寫的小說像沈從文那種很不一樣，就像新電影之於傳統電影，他的小說給我很大的震撼。最早我想拍〈孩子王〉，但版權已經賣給陳凱歌了，而〈樹王〉當時要拍太難，那個年代特效技術還不到，沒辦法砍掉小說裡那樣一棵大樹。〈棋王〉後來則是由徐克監製拍攝。（編按：侯導第一次見面就跟阿城提到想拍〈孩子王〉，曾公開表示喜愛《童年往事》的阿城當下心喜，可惜當時已經授權陳凱歌改編。）

第二次再見到阿城，應該是一九八九年我帶著《悲情城市》去美國洛杉磯映演，當時阿城也離開中國，到洛杉磯住下，幫朋友顧房子；我還記得他當時已經使用電腦。我這一輩人，像我，根本到現在對電腦只會開機關機，這個地方他是個行動派，像牡羊座，我跟他都是牡羊座，個性上我們一但想鑽研一件事情，非要搞到徹底懂不行，想盡辦法弄懂做法還不夠，還想弄懂這個做法背後的道理。總之他用電腦開始寫，據說裡面有百萬字，都是他當年文革下鄉的故事。但後來電腦出了點狀況，這批稿子全沒了，太可惜了。

相似的成長過程、不隨流俗的自我養成

我比阿城長兩歲，他是一九四九年出生，那一年共產黨軍隊解放北京

城，所以他的父母親幫他取名阿城，作為紀念。我們算是同代人。我在廣東出生，家裡因為做生意突然跑來臺灣，然後就回不去了。我父親過世得早，我不愛上學；不是溜到電影院，就是跑到鄉下城隍廟口看戲找人玩看小說，跟一堆角頭混。阿城因為父親在政治上的變故，所以六〇年代他上初中就被歧視，他說學校要派人去迎接貴客，老師點名就不叫他們這些「出身不好」的人，他只好回家。

之後他就不愛去上學，自己跑到北京琉璃工廠一帶，看那些工人師傅做玻璃、自己找舊書看，自己學習。我們都是這樣，在那個年紀都沒辦法好好上學。這樣的童年讓我們用不同的方式學習，知識構成就跟一般人不同，看世界的眼光也不同，阿城是從古玩、從舊書、從青年下鄉的經歷看人事物，我是從廟口、從街頭。我們看人看事都自有一套自己養成的強烈而清楚的辨識力，這讓我們容易看到表相下面的本質，道不同我們很快就分道揚鑣，不囉嗦。也可能因為這樣，我跟阿城兩人一見如故，成為不需經常見面卻能深厚信任彼此的朋友，我在中國像這樣的朋友就是兩個，一個阿城，一個田壯壯。

本想合作拍鄭成功，卻一起作了《海上花》

我跟阿城開始合作要等到《海上花》才開始。這個案子本來是拍另一部電影，原先是日本平戶市民為了振興旅遊希望我能為他們拍鄭成功的故事；鄭成功的母親是日本人，鄭就是在靠海的日本平戶出生。我當時跟阿城一起到日本蒐集材料，兩人邊看資料邊聊，從歷史材料找著找着，我們兩個都覺得鄭成功的兒子鄭芝龍更有趣。鄭芝龍當年被爸爸送去南京念太學，南京的秦淮河青樓文化吸引了當年的鄭芝龍，我也對那個煙花柳巷的世俗生活很感興趣。結果，我們把鄭成功的故事寫給了平戶市，我自己則回頭研究秦淮河，重新看了張愛玲翻譯的《海上花開》、《海上花落》，我非常喜歡裡面的對話，決定改拍這個，阿城則擔任這部電影的美術顧問。

阿城這人看東西眼睛很利，中國曾經一度禁止出版張愛玲的書，所以阿城早年不知道張愛玲是誰，他第一次看到張的小說，以為是哪來的厲害女工寫的小說。他這麼說並非貶她，而是他一眼看到張愛玲說故事的本質像工廠女工說起身邊事的世故老辣。常常大家說阿城不一樣就是在這種地方，看的方式不同。

現代人看東西缺乏自己的眼光，都是一套一套現成的說法，沒有自己的眼界，都活在體制裡。很多人喜歡聽阿城講天說地，同一件事他就是有自己獨到的眼光，同一個故事他就是有不同的寫法，那個不同就是來自他練就自己的眼界。他看世俗不下俗論，喜歡那些真正操作過後得來的認識，所以看人看事不會只看表面。這種人有定見，不隨流俗起舞，不為流言所動。

選擇武俠電影，再度合作

現在年輕人會喜歡阿城的東西。還沒讀過他作品的讀者，我想可以先讀他寫的雜文、札記！他特別能說，但寫出來不冗長，就是貼著一般人，像常識不是大道理，現代年輕人肯定能讀，因為他的文字清朗有現代感。他這個人甚麼書都看，甚麼都知道，你光聽他說，就非常有趣。像一九九五年他當《海上花》的美術顧問，阿城就帶著整個劇組，美術、攝影師跟劇務，一群工作人員跟著他在上海南京到處看古董，經他一說每樣古物都有生命有故事，最後這一群人買了整整兩貨櫃的道具，連清朝的床都有了，全部運回臺灣拍片用。

我正在籌拍《聶隱娘》，這本來是個很短的唐傳奇故事，但我要架構出一個有時代根據的武俠世界，我就找阿城在劇本上討論，為整個歷史找出故事結構。這方面他幫上很大的忙。

我喜歡有工匠技藝能力、能親手操作的人，這種人會一直從做中學，直到領會事物本身的道理。阿城就是這樣的人，他能寫能畫能作各種手藝活兒，而且還有常人沒有的鑑賞力，我親近他如親近喜愛的兄弟，有時我會想如果我在中國長大，我也許就變成他，他在臺灣，也許就成了我。這不是說我寫小說，他拍電影，是說我們培養出來的興趣之外，本質上就是個「實做」、「實觀」的人。

附錄二

聊聊

阿城與張大春的文學對話

寫苦難不需要很高的能力，寫絕境則要

阿城：孟子的「天將降大任於斯人也，必先苦其心志，勞其筋骨。」對中國人影響太大，這是目的論，「大任」是目的。實際上，中國人經常受苦之後，事情有了眉目，才回頭拿這句話來安慰，解釋。我到義大利，當地一位教授對我說：「看了你的書，我覺得真該放棄我的生活，真該有你那樣的環境。」我趕緊說：「千萬不要，自己的東西不要輕易丟掉。」

當時有個念頭閃過去，這好像不光是中國人的問題，西方也有。其實人人有絕境，比如心理絕境，即使最有錢的人也有絕境，都一樣。

大春：通常一個寫文章的人會去強調家國社會的苦難，並且明白指出這種苦難的磨練對個人的好處。府川白村所說的「文學是苦悶的象徵。」最常被引用。換言之，不苦悶就不成文學，因此壓抑了許多「不苦」的文學作品。目前大陸情況也是這樣，所以常常在文學作品中讀不到趣味。

阿城：中國的情歌常是淒淒慘慘，詠歎離別，外國情歌並不，是快樂的。

大春：關於苦難，可不可以從你小時的經驗開始說起？

阿城：我很可能會是個花花公子。我的父母都是共產黨，建立中華人民共和國一代的人。他們戰時在軍中做文化工作，戰後成了黨的幹部。我屬於幹部子弟，在既得利益集團之內，上的幼稚園和小學都非常好。我八歲的時候，父親因為政治變故，我家才被排除出既得利益集團，那時我居然不認得錢，更不要說分辨一毛和一塊。這樣一種有落差的生活，對我很有好處，知道生活還有另一個樣子。之後又去鄉下插隊，更是如此。以此之故，有人看我的文章，猜得我總是記得苦難，其實不是的，我總是想到有意思的事。例如〈棋王〉裡的吃蛇肉，那是非常有意思的。也許有人會承認有意思，卻難免覺得是苦中做樂。

大春：理解方向完全對反。

阿城：對，〈棋王〉中的第一人稱「我」，其實可以代表官方的正統的看法，你「應該」怎麼生活。但是「我」觀察的這些人物，並沒有按照那個「應該」去生活，之後「我」才改變了一些看法，這個「我」到底還有一點「赤子之心」吧！我覺得寫苦難，需要的能力不必很高。寫絕境需要能力。

大春：我在眷村長大，眷村很有意思。大部分的眷村都有一堵牆把小孩圈在裡面，東村西村打群架是常理，孩子們特別有一種很強烈的圈子意識，我們家在那個圈子裡也還有自家的意識，不大跟其他鄰居來往。我父親是軍中的文職官，覺得那些鄰居成天打麻將、串門子，沒有文化，所以我的童年生活相當封閉，我家位居於眷村的邊緣，對面就是空軍的眷村，他們生活得好些，我們國防部的生活差些。每天，母親批些東西來縫，父母兩人就這樣省吃儉用地供我讀了九年的私立學校。私立學校稱之為貴族學校，同學們家境都很好，並不像我。有時候老師上課會問：「昨天晚上大家有沒有看電視？」全班都看了，就我沒看，因為家裡沒電視。這是另一種邊緣性。這種邊緣性格造成的狀況是：有了兩種眼睛，你會兩邊都看。一出城門，看見了人家騎馬我騎驢，回頭又見推車漢，比上不足比下有餘。事後想想，卻也是一種很有利的位置，跟你所說的落差有類似之處。

阿城：我的東西，是邊緣性的。這造成我的東西發表之後，大陸的評家們有些不習慣。其實古代那些寫小說的文人都是邊緣人，做官不成；但販夫走卒，他又不是。

大春：其實這個傳統一直有的，曹雪芹是個沒落的貴族，吳承恩是個失意的讀書人，吳敬梓也是。他們遊移在「黑白道」之間。

不要說中國，帝俄時代的作家也是如此。

還是不習慣寫作與出版的關係

大春：你什麼時候開始對文學這些「行當」有自覺？青春期、啟蒙的自覺其實很有意思。

阿城：說不清楚，我一直感到我的鑒賞力走在前面。實在說起來，我大概可以算做一個鑒賞家，寫小說就靠的這一點鑒賞能力，換句話，小說寫完了，靠自己的鑒賞力去判斷。

對於青春期，我也是後來才敏感起來的。我們可以看文化大革命，紅衛兵運動就是青春期的表現。青春期是一個人體內激素最旺盛的時候，沒事找事，一點就著。人不管長得多醜，年輕的時候總是好的。文化大革命一開始，打破了男女分校的界限，擠到一起聽臺上的人辯論，醉翁之意，偶有目光接觸，就興奮得不得了。臺上辯論的人真是「雄」辯，最得意於女生鼓掌。

八九年的「六四」，從電視上看，也是青春期現象，狂歡節。

我接觸臺灣的電影比小說早，看的第一部臺灣電影是侯孝賢的《童年往事》，青春期有一種頻率，一下子就能感到。之後是《風櫃來的人》、《戀戀風塵》，真好。我認為，臺灣藝術家對青春的把握，至少比大陸早了十年。大陸現在才開始朦朦朧朧地有一些，但還沒有青春電影。小說上，王朔的《動物凶猛》是寫得最好的青春小說，其他人寫得尷尬，總是少年老成，或是用成年人的情，移到少年人身上。

大春：在臺灣的文學創作上，其實斷斷續續地開發過一些，六〇年代的王尚義，主要以散文形式出現，也結合當時流行的存在主義，並且重新複製了一段所謂「失落的一代」，那是三〇年代歐洲那些人稱他們自己。六〇年代的臺灣，等於是西潮開放的時期，也出現了這樣一整群作家。到了七〇年代，零零碎碎有一些，多半出現在作家的第一篇作品，例如黃春明的〈男人與小刀〉等。但是一直到現在，青春期或說是少年啟蒙小說，仍不能夠成為一種主要的小說類型。我認為這與中國的文明設計有關。其實，整個人類的文明設計，對於少年而言，都朝著延緩兩種行為能力去設計。一是性能力，另一是行使權利的能力。大凡講究教育的國家，都會告誡青少年，你得到成年之後才慢慢逐漸擁有性的正當性，以及行使權利的正當性。在中國，這種現象尤其嚴重，尤其是在一個權利設計上原本不夠充裕、健康的環境中。臺灣的情形也是這樣，當一個成人的權利有重大缺陷時，青少年甚或更小的兒童就別提了，在文明的設計上他們是更「值得」被壓迫的，但是畢竟這種文化人工價值觀，必須經過幾代人才能慢慢轉變，或揭發文明設計本身。

阿城兄，你在美國也生活一段時間了，美國的ＹＡ（young adult）文化，依你看，在他們那麼一個不講究少年老成的環境下，能夠出現怎麼樣的成長品質？

阿城：我看美國人與中國人正相反，他們將青春期延長到九十歲。美國老太太會把手插在口袋裡，已經走起來跌跌撞撞了，還在吹口哨。中國，三十歲的女人早已經知道「應該」怎麼個樣子了。

說到寫作，這種事情常常是青春期的表現，很多人都是青春期開始寫作。很多年以後或是不寫了，或是成了一種習慣，繼續寫下去。

我什麼時候開始寫作？回答得出這個問題的人，大概是非常自覺的。我自己呢，記得初中時候到同學家去，同學不在，我就留了張條子，條兒上把我們之間的暗語寫得挺恰當，自己非常得意。當時的狀態，現在回想，應該就是創作了。

可能是這樣的：寫了很多年，突然有一天對自己說，哇，原來我寫作好久了。

大春：今年初我訪問了一位老作家朱西甯，他說得很坦白，他一開始寫作，就是為了讓女孩子看。年輕的寫作，是給特定的物件寫，年紀稍微大一點的，寫給知音或同伴的高人看。

在發萌階段，我自己也是，寫給女孩子看的。

阿城：我上的是男校，所以口氣上總是對男生的，別人分析起來，大概是性欲轉移之類也說不定。

大春：不過高中時候，我們學校的刊物，大多都明白，女校一定看得見。到了大學，當然就是寫一篇給女朋友看看，再寫另一篇，給另一個女朋友看看，這樣的寫法有一兩年的時間，之後覺得不對勁了，產生出一種正經八百的想法，就是你所說，自覺性的創作。可能就是想寫給能懂得人看了。

一直到一九八一年，其實都是寫給別人看。到晚近一點，不太想到要給別人看了，覺得作品是寫給自己看的。再更晚近，就想到是不是還有其他人，例如現在，會想在作品裡刺激一下讀者。

阿城：大陸像我這一樣的，情況其實不正常。我寫東西的時候正是文化大革命，大陸等於沒有出版，只出《毛主席語錄》一類的東西，所以寫小說根本想不到要出版，自然就是寫給自己看，寫給朋友看，有一種病態的私人感。

現在新起的人，就正常了，他們寫的時候就明白是寫給不認識的人看的。我到現在還不太習慣寫作與出版的關係，就像自己的內褲是不晾出去的，什麼時候晾出去，就說明私人感消失了，可以晾出去了。小時候形成的壞習慣，不太容易改。學習樂器演奏，非常強調正確的習慣，這是有道理的。

小說最好沒有腔

大春：〈樹王〉是你最早期的作品，之後是〈棋王〉，再是〈孩子王〉。〈會餐〉、〈樹椿〉呢？

阿城：〈會餐〉是到了雲南以後寫內蒙，早一點。〈樹椿〉屬於「遍地風流」系列。我自己不太喜歡我早期的東西，覺得有一股腔，也是青春期的一種不成熟吧，與後來的文字不一樣。比如〈樹王〉、〈棋王〉比〈孩子王〉早，我自己喜歡〈孩子王〉。

我剛下鄉的時候，一切都太強烈，太新鮮，寫的時候把握不好，很快就形成一種腔，因為腔好把握。

久而久之，安靜下來。你看〈樹椿〉裡的那個老頭，在描寫上就有一種腔，〈樹王〉也是，〈棋王〉好一些了，〈孩子王〉算是大部分脫掉了。

大春：但「遍地風流」其實已經沒有「我」了，這很難。一般而言，絕大部分作家早期小說裡的「我」都很重。

阿城：這是鑒賞走在創作之前的結果。我認為距離對於文字是很重要的，距離就包括了沒有「我」。「我」要從文字中退出去，但是個人的一種腔不容易退出去。我那時很堅持第一段寫第一人稱「我」，為的是一個敘述角度，而這個角度又不是我自己，難，做得不太好。徐克拍《棋王》，裡面真有個叫「鍾阿城」的，真教我慚愧，製片人誤會了。

其實，我認為最好的東西是鑒賞力走在創作之後的東西，當然修改作品要靠鑒賞力，只是容易修禿了。好的鑒賞力讓「莫名其妙」留下來。

這兩天在看你送的《我妹妹》，一股活水。

現在大陸新一代的作品開始活生生的了，不載道。文以載道，說的是文章，小說不應該載道。

大春：早期臺灣作家經常讓小說負擔一種正義或一種政治理想，姑且不論小說成不成功，如果沒有這一套，這個小說家的人格就會被視為有問題，大概八〇年以前都是這樣。但是除了所謂的嚴肅小說之外，有更多人在寫市場暢銷的商品小說，這邊談戀愛，那邊也談戀愛，而且戀愛談得都差不多，所以沒有那些負擔。而作品不為了迎合消費市場的少數作家，就顯得珍貴了。

後來學院的注意力就會放在這些少數身上，特別給鼓勵，批評，這其實是不得已而求其次的轉變。當然另一方面，學院本身在理論方面也有很大的進步，是另一個重要原因。但即使是現在，大部分寫得好的作家，仍然會寫些史詩性、反映時代的作品，這種大包袱和負擔，還是揮之不去。

阿城：《中國時報》的卜大中有一次問我：「大陸小說裡為什麼老有『大家』這個詞呢？」他很敏感，提了個好問題。記者最重要的是提好問題，答的人講得很糟糕，有時是問題提錯了。愚蠢的問題令人難耐。

「大家覺得很高興」，其實高興是不一樣的，各懷鬼胎的高興。或是「眾人都點頭」，為什麼點頭，動機不會一樣。

這種情況臺灣小說裡比較少，大概是臺灣社會到底沒有大陸控制得嚴格，以致個性全無吧！

其實大陸表面雖然很集體，內心常常是恐懼的個人，比如文化大革命時開批鬥大會，常常將被鬥的人押下去之後，主持者說：「像他這樣的壞人，在座的還有！」所有人都緊張起來，大家都覺得會是自己。「某某！押上來！」主持人點出一個名字，其他人都鬆了一口氣，心裡說：「好好好，這回不是我！」

大春：其實，臺灣的文化大革命是具體而微地縮影在很多的小課堂上，從小學開始，每年甚至每個月每星期，我一定會碰到這樣的事。老師在課堂上說：「我們班上有害群之馬，有人上課愛講話！」我第一個就認為說的一定是我。中國人的教育就是有這麼一個激素在其中，老一輩的人總要激發小一輩人的自慚之心。

阿城：我想創作是一種狀態的體現，兩岸形成的狀態不同，體現也就不同。我不喜歡由概念而出的小說，比如流行後現代概念，為此而寫，是最令我無奈的一種腔。小說最好沒有腔，讀讀是小說，讀讀又不是小說，有意思。中國傳統小說是「三皇五帝」式，之後引到具體的故事；後來西方小說傳來，是「開門見山」式，比如：「張三坐下的時候，站外正有一隻蚊子飛過」。現在「開門見山」也成一種腔，寫小說真是挺難的。什麼小說得獎了，或是什麼書賣得好，一定有與之相應的腔蔓延開。

大春：有魔幻腔、後設腔、米蘭腔啦……

阿城：「昆」腔，昆德拉腔；馬上還會有「卡」腔，卡爾維諾腔。（兩人都笑了）。

我其實是個小留學生

阿城：在山西、內蒙、雲南這幾段經歷，對我而言非常重要。不斷有人問我：「你離開自己的根，對你的創作是不是有影響？」這個問題，不能說問得沒道理，但不是我的道理。我為什麼沒有離開根的問題，與我的經歷有關。我在北京長大，養成是漢文化，十幾歲到山西去，震動很大。到內蒙，等於出國，蒙古文化與漢文化太不一樣了。到雲南，也等於出國，那裡的文化形態很多，都與漢文化不同。我其實是個小留學生。三十歲回到北京，反而不太適應了，對大漢人的腔調不適應。美國對我而言，相當於一個說英語的「少數民族地區」，我在內蒙、雲南的經驗又回來了，挺適應。長期出門在外，不自覺地把自己漢人中心的文化觀打掉了，也促使我有距離地反觀漢語的妙處。語言是有節奏的，日語和韓語我不懂，從節奏上感覺大致是相合，它們與漢語的節奏就大不同，少數民族的話與漢語也大不同。

這對我寫小說很有幫助，後來逐漸進入到我的鑒賞力裡。漢語的基本節奏是四字，成語多是四字，《詩經》就是如此，也許經過外來的胡語，逐漸有明確有五言七言長短句。讀我的小說，容易上節奏的當，因為會很快進入四字節奏，這時我用一、三、五、七等奇數插進偶數，節奏變化容易感覺出來。標點符號在我的小說裡主要不起語法作用，而是斷開節奏。

大春：你在寫小說時有沒有考慮到描述細節多少的問題？例如，這個人本來就應該穿了衣服的，要不要再描述他穿著衣服？或是要不要讓他這個姿勢，或那個動作更細節些？

阿城：寫的時候它們自己會冒出氣氛的，比如：「他的頭是扁的」，為什麼頭是扁的呢？因為氣氛需要扁頭，或扁頭是我氣氛裡的趣味。

〈棋王〉裡「我」送王一生走，他走起來好像沒有屁股。為什麼沒有屁股？氣氛就是這樣的，送老朋友走，心裡惘然，自然沒有屁股。

大春：我家在桃園有一棟一樓一底的老房子，當兵快結束時，我去把前後院整理整理，第一個念頭就是：「睡覺了！」那裡沒有報紙、電視、電話、什麼也沒有，整天就是寫寫稿子看看書。我待了將近三年，真正不接觸文化界、知識界，成天接觸的都是小市鎮裡的人，錄影帶店老闆、經營啤酒屋的、養蘭花的、開包子店的，一到晚上還有四方來的攤販，聚集成一個個小夜市，交了很多朋友。種蘭花的一個朋友對我影響很大，他白天在中正理工學校當照相官，下班閒來無事就養蘭花，他有一次跟我說：「上帝可以發明一千種蘭花，我呢，可以發明第一千零一種。你們寫東西，大概跟我們這樣差不多吧！」在那裡觀察了小鎮上的那些小人物，之後，我的作品中嘲謔性出現了。在《公寓導遊》之前，我的作品不太出現嘲謔性。

阿城：你很不容易，主動去做一個旁觀者。我是小時候就被迫做一個旁觀者，旁觀者容易刻薄，當局者不覺得，義正辭嚴，旁觀的人看出笑話來，我很早就成了看笑話的人。我常在告誡自己不要太刻薄。文化大革命時有一次我去杭州棲霞山，山上有座廟，破敗到只剩下四堵牆，裡外寫滿了某某造反派到此一遊或誓死保衛之類的句子，轉到西牆外，見有人寫了四句打油詩：「大屁崩滿牆，為何牆不倒？牆外也有屁，把牆撐住了。」寫得好。

用北京話寫小說容易油滑，老舍初期的小說就有這個毛病，越寫越油，離題三千。我早期也是如此，被油滑的快感牽引，離題三萬。後來才成熟起來，學會氣功的守丹田，意念隨意遊走。

有時候第一稿最糟也最好

大春：上回我們談到筆記小說，你比較受影響是哪些筆記小說？

阿城：不少人不解魯迅為什麼喜歡紀曉嵐的《閱微草堂筆記》，我看了以後，為自己猜出一個道理。紀曉嵐開宗明義：我寫的全是真的。他要說我寫的是假的，閱讀感一定完蛋。

後設小說本質是懷疑小說的真，所以間離來間離去，說的是「狼沒來」，太老實。紀曉嵐是搞「狼來了」，讀者反而要防「狼沒來」，來沒來費讀者的思量，有趣。

大春：是有意思，我還記得裡面有段故事。有一家鬧狐狸，平日人住房子裡，狐狸住樑上，人不犯狐狐不犯人，一日那家一個三十歲丫環走進後院，從紙窗裡偷看年輕狐狸們飲酒作樂。被發現了，免不了被抓進去上下其手一番，於是，丫環向老主人哭訴、鬧上吊，這家主人憤怒地要求狐狸族長好好管教管教子弟，之後，狐狸長者對家主人說：「子弟已經管束了，不過，你家這麼老的丫環的也該讓嫁人了，免得見人作樂便春心大動。」這狐狸比人還有人味。

阿城：我喜歡看狐狸，狐狸的眼睛細長細長的，瞟來瞟去，有股嫵媚，眼神就是在說：「你信不信？」從魏晉的志人志怪到唐的傳奇，重要的一點是天真。這種天真到《聊齋志異》沒有了，蒲松齡自稱「異史氏」，「異史氏曰」基本上寫得笨。

大春：清人繼承明人小品，特愛寫這些野史，我想，你剛剛所要講的是：那個元氣沒有了，唐人比起魏晉，又更沒有元氣。

阿城：小說上也是，我認為明小說有元氣，比如《金瓶梅》，元氣飽滿。清小說沒有了。

大春：舉個例子來說，若把《金瓶梅》、《紅樓夢》放在一起比較，你會發現後者囉唆，其實是一部文人小說，作者要把詩學、詞學放進去。同樣的，《金瓶梅》也有很多詩詞在裡面，但就不令人覺得作者在那裡搜索枯腸。

阿城：曹雪芹披閱十載，元氣會折損的。我因為沒有什麼文學訓練，所以寫好稿子，放起來，過一段時間再看，改一改，放起來，有時候再拿出來看，會覺得沒有元氣了。很難講，有時候第一稿最糟也最好。孔子說過一件事情想兩遍就可以了，不必三思而後行。

大春：一個人修改稿子和一個時代人修改前人文本，幾乎是一致的。例如《水滸傳》裡的詩詞並不講究，是真正當時書場裡很多說書人集合而成的文本，有民間的素材之氣，到了文人手裡，一個人創作的章回，氣勢就削弱許多。

阿城：小說的沒落，包括元氣的沒落。好小說要有元氣，元氣不是指陽剛；侯孝賢的電影有元氣。現在生活富裕了，可能造成一種銷蝕元氣的環境。

我應該是一個殘缺的世俗之人

大春：其實中國知識份子並不是完全與世俗切斷關係的。

阿城：中國舊時的文人，很懂世俗，中國原來的下層社會與上層社會是通的，一朝中舉，就到上層，所謂「布衣宰相」，削職為民，就下去了。「小隱隱於野，大隱隱於市」，隱的高級狀態是隱於世俗。

中國的階級從來都不是不可變動的，馬克思講階級鬥爭，講一個階級消滅另一個階級，是針對歐洲，尤其是英國的情況而言。我們看英國人的智商很高，幽默，尖刻，但他們的人文環境比起中國來，有點無趣。貴族再窮，還是貴族；工人再富，還是工人，不流通的。中國的這種流通，不但產生智，而且產生慧，慧是通。這種流通也造成世俗文化與非世俗文化的不斷混合。

大春：大文豪如李白、杜甫、吳敬梓、曹雪芹等人，不管是少時、微時、失意時，都有與世俗接觸的一段時間。

阿城：「微」時當然在市井。所謂「顯」，是世俗之人都知道；只有幾個人知道，不是顯。大陸就是四九年以後不斷在剷除世俗社會，世俗沒有空間，不得發展，文化大革命就是要徹底剷除，所謂破「四舊」。不過要徹底剷除也不容易，我自己的經歷就是在一個非常有限的世俗空間裡的經歷。我應該是一個殘缺的世俗之人。

大春：不過「世俗」可能容易被誤解為「庸俗化」。近代中國的西化，要求全民教育。換言之，原本只是少數人參加的科學，變成全民進入知識的競爭。以知識贏取自己的權利，當然不可能成功，所以大多數人喪失了世俗經驗的雜質化。所謂的多元價值也好，後來說的分眾社會也好，都已經不是原本的世俗了。我認為，如果喪失了土生土長的世俗經驗，就很容易被庸俗價值取代。

阿城：而且中國的世俗文化是精緻的。「叫化子雞」是道好菜，叫化子也講究，連最底層都有精緻化的要求。剛才說到流通，就是上層精緻與下層精緻的流通，所以世俗不是凝固的，愚昧的，不變的。

大春：例如曾國藩做袍子，裁縫替他量完身，又回頭問他家下人：「你家主人什麼時候中的舉？」若是十幾二十幾中的舉，前面要長，若是五十幾才中舉，背已經駝了，所以後面要長。這種體貼，是從一種要求精緻的環境中培養出來的。

阿城：中國近代的「現實主義」把這種體貼去掉了，只有觀念，好比說「農民是痛苦的，因為他們是被剝削的」，硬生生的概念，沒有同情。所謂「同情」，本意就是相同之情。

大春：我認為社會主義、現實主義是浪漫化了。

阿城：同情不是憐憫，憐憫還是站在另一邊。《戲夢人生》裡那個日本軍官對小孩子就是同情，而不是憐憫。侯孝賢的電影，說的是對現實的最大同情。儒家知道權力會破壞世俗，不可能有同情，所以只是勸他們憐憫。

大春：現在不論是新儒學或反儒學，都忽略了一層：儒家的文本其實有特定的閱讀物件，是給作官、作帝王的人讀的。大問題越說越大，何瀚其言！不過，我們也可以回去談談小說家可能背負的責任。我認為小說家不應以悲憫、救世的態度，相反地，應該以入世的態度創作。

阿城：我討厭知青文學傷痕文學中的秀才落難心理。比如知青認為自己受的苦天下第一，那農民幾千年下來算什麼呢？農民說得好：「學生娃下來受苦，可還有個回城的念想，而且回去了。我們呢？」

沒有積累就沒有文化

阿城：中華人民共和國是由中華民國過來的，我還算能抓住一些民國的口氣。但民國人可能對共和國的口氣會有誤會。共和國的是國家主義的口氣，霸道、有股刺鼻的味道。比起大陸，臺灣與世界的接觸要多，文學上的自覺比大陸早十年。大陸追得算快的，追到後設，因為是追，所以產生了追的問題。本來文學不是追來追去的，文學是品性的養成。

大春：大陸小說一般呈現出完整的中國語言，尤其以北京為主的普通話，在臺灣，語言上已經改變了，很大程度上是歐化的語言。所以小說中你幾乎聽不見傳統中國的語言，你剛剛說，民國以來的小說氣味在臺灣沒有斷，我認為這一部分可能斷了。

不要說七等生那種極度個人化的文字，包括最土氣的王拓、楊青矗，到後來的李昂，語法都已形成相當的革命性。大陸小說有一種現象，例如格非的作品，像是一個農民穿著粗布大褲子，看起來還有點波西米亞味，挺流行的，但是在根裡頭，還看得出有些東西是屬於那粗布大褲子的。

阿城：這是很根本的一點。中國共產黨的文化構成並不是地主文化，而是沒有土地者的文化，說得難聽，就是流氓土匪文化；這樣說也不對，因為流氓土匪沒有文化，只是破壞文化和破壞文化積累。從四九年到文化大革命，凡是社會有一點積累，就用運動破壞掉，毛澤東說七、八年就要來一次，誰還敢積累？

文化雖然靠創造，更要靠積累，以致沒有積累就沒有文化。四十五年不積累，只有破壞，這在歷史上是少有的，忽必烈都不到這個程度，他的民族政策不怎麼樣，但是元朝的雜劇還是積累得很有規模。

這樣的歷史背景，文學何以自處？文學只能是權力語言的一魚兩吃，而這個權力沒有文化，兩吃也等於一吃，沒有什麼花樣，也算是一種貧乏的完整吧！

大陸也有歐化，馬克思、恩格斯、列寧、史達林都是歐洲的東西，四個堅持，有一個堅持就是馬列的歐化。語言上的結果，就是翻譯體，實際上是政治讀物的翻譯體影響了大陸小說的語言。你看了大陸馬列編譯局的著作翻譯，再看大陸小說，當會有所悟，這也是一種完整吧！大陸評家說我的語言舊，又有人說不過是五四時的語言，真是這樣倒好了，那時的語言現象比大陸現在的豐富。我的語言是對大陸四十年來權力語言的疏離，當時的評家對這一點毫無認識，我也不點破，那是找死。幾年後有關於顛覆「毛文體」的說法，終於有評家開始覺悟了，他們針對的是殘雪、格非、余華「先鋒文學」的語言現象。殘雪這些作家的語言，還籠罩在翻譯體的陰影下，做為「先鋒」，對馬列主義編譯局的文體缺少顛覆自覺。「先鋒文學」都帶陰毒氣，以殘雪為最，這是翻譯體的功勞。

王朔在語言顛覆上做得最徹底，這是他的小說有閱讀快感的原因之一，只有他同時在顛覆毛文體和翻譯體，因為他掌握當代大陸的世俗語言。我的比喻是，先鋒文學的語言是相對「毛文體」這桌席另開了一桌席，吃自己的，還不是顛覆。王朔是坐在「毛文體」這桌席上，用這個席上的語言開玩笑，因此是顛覆。「毛文體」早已深入大陸的世俗語言。

大春：大陸作家例如蘇童，從《妻妾成群》、《罌粟之家》到《我的帝王生涯》，可以看出這一輩年輕作家其實在語言上已經有相當程度的自覺，所以他們可以仿這個、學那個，玩語言玩得起勁。臺灣就少有這種現象。在臺灣，八〇年代的小說語言　述上，黃凡是一個很重要的影響。他的語言壓碎了時空，亂中有序的那個部分，直接受到美國作家素爾．貝婁的影響，他本人至今並不承認。到了八〇年代中期以後，才有人特別明顯地學馬奎斯、昆德拉。

不過真正能夠掌握世俗語言的人大概還沒有。

（原載於《聯合文學》一九九四年，總第十卷第四期。整理／魏可風。）

阿城作品集01

威尼斯日記

作者

阿城

一九四九年生於北京，那一年共產黨軍隊解放北京城，故取名阿城為紀念。因為父親政治上的變故，在學校受到歧視，因而不愛上學，常在琉璃工廠一帶找舊書、看古玩，觀察師傅做工藝，邊看邊學，養成他看待事物不隨流俗的洞察力。十幾歲開始移居山西、內蒙、雲南，三十歲回到北京，這段經歷更豐富了他的閱歷。一九八四年開始發表小說，包括《棋王、樹王、孩子王》、「遍地風流」系列、「新筆記小說」系列。另有電影劇本、評論、散文、雜文等諸多作品。

一九九二年獲頒義大利諾尼諾國際文學獎（Nonino International Literature Prize），同年應義大利威尼斯市邀請，於威尼斯旅居三個月。平時不寫日記的他，以獨特的觀點與文筆，寫成這本獨樹一格的《威尼斯日記》。

美術設計　陳文德
媒體企劃　鄭偉銘
行銷企劃　詹修蘋
版權負責　陳柏昌
副總編輯　梁心愉
初版一刷　二〇一二年六月二十五日
初版四刷　二〇二一年三月十六日
定價　新台幣二八〇元

ThinKingDom 新經典文化

發行人　葉美瑤
出版　新經典圖文傳播有限公司
地址　臺北市中正區重慶南路一段五十七號十一樓之四
電話　02-2331-1830　傳真　02-2331-1831
讀者服務信箱　thinkingdomtw@gmail.com
部落格　http://blog.roodo.com/thinkingdom

總經銷　高寶書版集團
地址　臺北市內湖區洲子街八八號三樓
電話　02-2799-2788　傳真　02-2799-0909

海外總經銷　時報文化出版企業股份有限公司
地址　桃園市龜山區萬壽路二段三五一號
電話　02-2306-6842　傳真　02-2304-9301

威尼斯日記／阿城著. -- 初版
--臺北市 新經典圖文傳播, 2012.06
240面；14.8×21公分--
（阿城作品集；YY0501）

ISBN 978-986-87616-9-8（平裝）
855　101005235

First published in Taiwan, June 2012
Jacket design by Winder Chen